TAKE
SHOBO

憧れの聖騎士さまと結婚したら
イジワルされつつ溺愛されてます♡

麻生ミカリ

Illustration
DUO BRAND.

憧れの聖騎士さまと結婚したら イジワルされつつ溺愛されてます♡

contents

イラスト／ＤＵＯ　ＢＲＡＮＤ．

憧れの聖騎士さまと結婚したらイジワルされつつ溺愛されてます

第一章　その求婚に、異議はなく

金色の巻き毛が、ふわりふわりとそよ風に揺れる。毛先へいくほどカールした細くやわらかな髪は、薄紫色のドレスの背で天使の羽のように輝いていた。

けれど、それよりも光を放つのは紫色の菫(すみれ)の花を思わせる大きな瞳である。長い睫毛(まつげ)に縁取られた愛らしい両目を、少女はこぼれんばかりに見開いて、銀髪の騎士を見つめていた。

彼の名は、クリスティアン・レイ・ジョゼモルン。

今日この日、最年少で聖騎士の称号を受けた二十歳の青年である。

「エリザベスさま、あまりバルコニーに乗り出すと危ないですよ」

少女はナニーのシーラの言葉も耳に入らぬまま、白銀の騎士に目を奪われている。いや、目だけではなく、そのときエリザベスは心を奪われた。

生まれて初めての公務に出かけた、八歳の春。

大国エランゼの第一王女エリザベスは、生涯かけた恋に落ちたのである。

ティレディア大陸で、もっとも豊かで強大な国。それこそが、エリザベスの生まれたエランゼ王国だ。

大陸全土を統べるエランゼの騎士王こそが、エリザベスの父親ヒューバートで、その最愛の王妃が母親コーデリア。

母によく似た面差しのエリザベスは、小柄で愛らしい少女だった。

誰もがその可憐さを賞賛し、彼女の無邪気さを慈しむ。宮殿で大切に育てられた王女は、何不自由することなく、新春に十六歳の誕生日を迎え、そろそろ縁談についても前向きに検討する年頃に差し掛かっていた。

エリザベスの母は、十七歳で父のもとに嫁いできたと聞いている。三十代も半ばになってなお、母コーデリアは美しい女性だ。自分もいずれは、母のようになれるだろうか。エリザベスは、母に似ていると言われるたび、そのことを考えた。

外見の話ではない。エリザベスのなりたい『母のような女性』とは、愛する人に愛されて生きる人生を得られるかどうかにかかっている。

「ああ……、どうしたらクリスティアンさまの妻になれるのかしら」

金糸の髪を背に垂らし、愛らしい王女は窓辺の椅子に座ってため息をついた。その横顔は、恋に恋する乙女にほかならない。

「エリザベスさま、そのようなことを口に出されては、誰に聞かれているかわかりません。どうぞお慎みくださいませ」

エリザベス付きの侍女であるジュリエッタが、慌てた様子で声を潜める。本来、声を押し殺すべきはエリザベスのほうだ。

「だって、ジュリエッタ、知っている？　わたしを后に迎えたいと言ってきたのは、フェレドニアの王子や、タキシアドの王子、それに海向こうのアザラベの王族に――」

指を折る王女に、ジュリエッタが頷いてみせる。

「はい、存じております。そのほかにも、国内の名だたる公爵家がご子息の妻にご降嫁をお望みでいらっしゃいます」

「……クリスティアンさまは？」

初めて彼の姿を遠目に見たあの日から、七年。エリザベスは、ずっとクリスティアンにほのかな憧れを抱いて生きてきた。

「聖騎士さまは……その、ジョゼモルンの王族には違いありませんが、王位継承順位も低くあられますし、そもそも騎士道に生きる殿方ですから、国同士の縁談にはあまりご興味がないのかと……」

憧れの聖騎士は、エリザベスの夫候補として名乗りをあげてはくれない。こちらがどれほど想っていたとしても、彼とは話したことさえないのだから、当然と言えば当然だ。

――だけど、そういう理由でいうのなら、縁談を申し入れてきた殿方のほとんどが、わたしとは話したことなどないはずなのに。

いかな大国の王女といえど、エリザベスのほうから他国の騎士を相手に縁談を持ち込むことはできない。王女の結婚とは、彼女の意思によって決まるものではなく、国の繁栄のために為（な）されるものなのだから。

「いっそ、ジョゼモルンの王族のどなたかが、わたしを妻に望んではくれないかしら。そうしたら、ジョゼモルンへ行く理由がつけられるわ」

幼さの残る王女は、ぽんと小さく手をたたく。

「あちらの王族には、エリザベスさまと歳の近い男性がおりません。たしか、聖騎士さまのすぐ上の兄王子でも、十一歳は離れているとか」

「……そう。クリスティアンさまは、末の王子さまですものね」

隣国とはいえ、王女が勝手にジョゼモルンへ出かけることはできない。高貴な身分に生まれ、きらびやかなドレスと宝石に囲まれていても、エリザベスには宮殿を一歩外に出れば自由がないのだ。

「ですが、ジョゼモルンの王族とご結婚なされた場合、聖騎士さまとはご親戚となりましょう」

「そうなるわ」

憧れの騎士の親戚だなんて、想像するだけで嬉（うれ）しくなる。エリザベスには、まだ結婚というものが身近ではなかった。

「遠くで憧れているだけならまだしも、近くで聖騎士さまがほかの女性とご結婚なさる姿を見ることになるのはお辛くないでしょうか……？」

ジュリエッタの言うことはもっともである。

エリザベスとて、自分の立場はわきまえていた。幼いころから、ナニーやガヴァネスにしっかりと王族の女性としての教育を受けてきた身ゆえ、彼女は自由に恋を楽しむことなどできないと知っている。

けれど、想うだけは自由だ。

その想いが成就したならば問題だが、エリザベスが一方的に焦がれるのは、彼女の唯一許される恋の方法だった。

「そんなの、辛いに決まっているわ。だけど、もしかしたらわたしがジョゼモルンのどなたかに望まれて赴けば、クリスティアンさまと接点ができるかもしれない。そして、クリスティアンさまが、わたしとの結婚を望んでくださるかも……！」

あの美しい聖騎士を思い出すと、エリザベスの胸は鼓動が速くなる。

たった一度、ただ一度、遠目に見ただけの男性。声を聞いたこともなければ、話したことさえない彼に、エリザベスは心を奪われてしまった。

「いいえ、なりません！」

いつもはおとなしいジュリエッタが、珍しく強い口調で告げる。その声に、エリザベスはびくっと肩をすくめた。

「ジュリエッタ？」

「エリザベスさまは、男性に対する免疫がありません。そのせいで、きっと幼い日に見た美しい聖騎士さまに心奪われていると思いこんでいらっしゃるのです」

そんなこと、言われずともわかっている。

エリザベスは、心臓に棘（とげ）が刺さるような痛みを覚えた。

「王女として立派にお役目を果たし、公務にも誠実な態度で参加され、多くの臣下たちからも慕われるエリザベスさまが、ご自身の願う結婚をできぬこと、このジュリエッタ、心よりご同情申しあげます。けれど、どうか、どうかそのようなことをお考えになるのはおやめくださいませ」

侍女の言うことがわからないわけではない。

ジュリエッタの言うとおり、エリザベスはこの数年、近隣諸国から賞賛されるほどに立派に務めを果たしてきた。その結果、彼女の可憐な外見だけではなく、その心根を買って縁談を申し込んでくる者たちが後を絶たないのである。

——わかっているわ。気のあるような素振りで、ジョゼモルンの王族のところへ顔を出し、隙あらばクリスティアンさまとお近づきになりたいだなんて、王女としてあるまじき妄想だということは……

エリザベスは、夢見がちなところのある少女だ。けれど、自制心を持ち合わせている。自分が国のために嫁がねばならぬことも重々承知しているからこそ、夢を見ていたかった。

この想いが真実の恋ではなく、恋に恋しているだけだと何度も言い聞かせてきた。憧れの聖騎士さまと、どうにかしてひと言でも話してみたい。そんな、少女らしい願望すら、彼女には口に出すことを許されなかった。

「……そうね。ジュリエッタ、心配をかけてごめんなさい。ほんの少し、夢を見てみたかったの。ほら、市井の娘ならばそういう恋をすることもあるのでしょう?」

「エリザベスさま……」

結婚相手は、国が決める。

エランゼという大国の王女として生まれたからには、エリザベスは国の未来の支えとなる婚姻をしなくてはいけない。

——そのために、わたしはこうして宮殿の奥深くで大切に育てられたのですもの。

小柄な少女は、しゅんと肩を落とす。細い両肩には、彼女ひとりでは支えきれない重圧がかかっていた。

◆　◆　◆

幼い日、あの聖騎士を見た日から、エリザベスは何度も同じ夢を繰り返し見てきた。

それは、白い騎士服を着た彼が、自分の足元に跪き、結婚を乞う物語だ。

「エリザベス王女、どうぞ私と結婚してください。あなたなしには、このクリスティアンは生きていけないのです」

「まあ、クリスティアンさま……！」

彼は、自分の手を取り、その指先に唇を寄せる。銀色の髪の美しさに、エリザベスは触れたくてたまらないのだが、王女としてそんな破廉恥な真似はできない。

「わたしも、ずっとあなたをお慕いしていたのです」

「ああ、なんという僥倖でしょうか。エリザベス王女、いいえ、エリザベス。あなたは今日から、我が妻となるのです」

そう言って、夢の中のクリスティアンはエリザベスを強く抱きしめてくれる。

目を覚ますと、いつもの白い天蓋布が広がっていて、王女は大きな寝台にひとり。

「……………また、同じ夢ね」

現実ではないと知りながら、それでもエリザベスは夢の余韻に浸るように目を閉じた。

――夫婦になったら、あの先には何があるのかしら。

互いの体を抱きしめ合い、唇を重ね、それから――

十六歳のエリザベスは、閨事の詳細を知らない。来るべきときが来たら、そのときには妻となるための教育を受けるらしいのだが、今のところ婚約もしていない王女に、夫婦の秘密は明かされていないのだ。

——夢は、不思議だわ。

現実に、エリザベスはクリスティアンの声を知らない。出会った七年前の姿しか知らない。今の彼がどうしているか——結婚こそしていないのは知っているものの、その姿を目で見たことはない。

当時、彼は二十歳の青年だった。

ジョゼモルン史上最年少にて聖騎士の称号を与えられた、白銀の騎士。

大陸内における神の誕生した国、ジョゼモルン。その王家には、神の血が入っていると言われていた。

聖騎士とは、由緒正しい血統と騎士たちの模範となる武術、そして神への忠誠心と信仰心を持つ者のみが与えられる称号だ。

エランゼには、聖騎士に類する称号は存在せず、初めてそれを知ったとき、エリザベスは尊さに心が震えるのを感じた。

エランゼの宮殿にも、礼拝堂はある。大司祭には、幼いころから説話を聞かせてもらってきた。狭い世界で暮らすエリザベスにとって、神のために戦う聖なる騎士は、まるで世界を救う勇者のごとき存在だった。

――クリスティアンさまは、現王の末の王子でいらっしゃるのだから、もしお望みくださればわたしが嫁いでいくのに問題のないご身分だけど……

そうは言っても、相手はおそらく自分という存在を知らない。もしも名を知っていたとしても、顔を見たことはないだろう。

初めてクリスティアンを見たあの日以来、エリザベスはジョゼモルンの公務があると聞けば、率先して出向いてきた。今では、ジョゼモルン宮殿の王宮執事とすら顔見知りである。

しかし、王族とはいえ騎士団に所属するクリスティアンは、ほかの騎士たちと同様に国を守るために働いている。

行事や催事に参列するだけのエリザベスが、彼と顔を合わせる機会は一度としてなかった。

「……偶然でいい。ほんの少し、遠くからお顔を見るだけでもいい」

何度願ったことだろう。

そんな彼女の本心を、父も母も、弟のパトリックも知らない。当時のナニーだったシーラと、その後侍女としてやってきたジュリエッタだけが、エリザベスの秘めた想いを聞いてくれた。

ただ一度でいい。彼と言葉を交わすことができたなら――いや、そんな贅沢は望むまい。もう一度だけ、彼を見ることができたなら、それで満足して国の決めた相手のもとへ嫁ぐことができる。

エリザベスは、心からそう思っていた。

自らを律して生きてきた彼女には、ほのかな初恋が引き起こす欲というものを理解できない。人間は、よくばりないきものだ。見るだけでいい、と思っていたとしても、その目に相手の姿を映せば、今度は話したい、触れたい、抱きしめられたい、と願いは加速する。

しかし、エリザベスにはそういった欲求というものがわからないのだ。

いつでも、すべてが与えられていた。そして、心から望んだただひとつ、ただひとりの存在だけは決して手を伸ばすことを許されなかったのだから。

はあ、と短いため息をひとつ。

寝台の上、エリザベスは目を閉じる。もう、彼の記憶はどこか曖昧になっていた。それでいて、鮮烈に目に焼きついて忘れられない銀の髪と、白い甲冑（かっちゅう）。

――どうして、クリスティアンさまにこんなに執着してしまうのかしら。あの方のことを、わたしは何も知らない。どんなお声なのか、どんなふうに話されるのか、どんな食べ物がお好（よ）きなのか、どんな女性を好まれるのか……

知りたいと思うことが恋なのだとしたら、これは間違いなく恋だ、とエリザベスは思う。同時に、何も知らないで勝手に思い込んでいる恋情など、恋と呼べるものではないと知っていて。

「……それでも、もう一度だけでいいからお姿を見たいの」

王女は、自分の体をぎゅっと抱きしめた。

◆◆◆

「えっ、わたしがジョゼモルンに……!?」

クリスティアンの夢を見た日の夕食の席で、エリザベスは弟のパトリックを前に目を瞠った。

「ほんとうは僕が行く予定だったんだけど、タキシアド帝国の祝祭と重なっているんだ。だから、よかったら姉さんに代わりに行ってもらいたい」

髪色こそ同じ母譲りの金髪だが、父に似た屈強な体格の弟が、肩をすくめる。

――それも、王立騎士団の記念式典だなんて、きっとクリスティアンさまもいらっしゃるに違いないわ。

ジョゼモルン王国には、現在聖騎士が三名いる。エリザベスの想い人である王子クリスティアン、そして先の王の甥であるマーカス、現王の弟であるザックだ。

記念式典ともなれば、聖騎士が団を率いるのは間違いない。長年、彼の姿を追い求めていたエリザベスは、ついにクリスティアンと再会する機会を得たのである。

「姉さん、そんなに困った顔をしてどうしたの？　ジョゼモルンが嫌なら、タキシアドへ行くかい？」

「っっ……いいえ！　ジョゼモルンに、王立騎士団の式典に行かせてちょうだい」

その日の午後、エリザベスは両親から縁談についての話をされたばかりだった。年が明けたら、正式に結婚相手を決める。もしも希望があるようならば、前もって言っておくように、と父は言った。

とはいえ、エリザベスが口にすることを許されるのは、エランゼから近い国がいいだとか、温かい地域がいいだとか、その程度のこと。相手の男性を選り好みする権利は、王女には与えられていない。少なくとも、エリザベスはそう思っている。

「そう。だったら、来月の式典には姉さんが参加すると返事をしておくよ。それにしても、今日の姉さんはなんだか落ち着きがないね。何かあった?」

年子の弟が、肉を口に運びながらエリザベスに尋ねてくる。

幼いころは、よく姉のあとをついてきたパトリックも、もう十五歳。いずれはこの国を背負って立つ彼は、いつしか立派な王子になりつつある。

「何もないわ。ただ、ジョゼモルンへ行くのは久しぶりだから、少し……楽しみだと思ったの」

王立騎士団の式典だ。

少しどころではなく楽しみなうえ、ただの公務とは違う。王室の行事というだけではなく、

——結婚の前に、神さまのご慈悲を賜ったのだわ。

エリザベスは、ぎゅっと指を握りしめて拳を作る。

千載一遇の機会。

夢にまで見た、彼との再会。

話をしたいだなんて多くを望んだりはしないから、ただあの人を見たかった。その姿を瞳に刻んで、エランゼ王国のためになる政略結婚に臨もう。

彼女は、心からそう思った。

秋が近づくころ、エリザベス一行は隣国ジョゼモルンを訪れていた。

心地よい風が、彼女の美しい金髪を揺らす小春日和。何度も来訪した地ではあるが、今回は気持ちが違う。

いや。

いつだって、この国を訪れるときには、願っていた。クリスティアンとどこかですれ違いたい。それが無理なら、遠くから姿を見たい。だが、彼の名を耳にすることはあっても、騎士団の任務に就く彼と宮殿内で公務に勤しむエリザベスには、接点さえなかった。

――けれど、今回こそは。

隣国の貴族たちに会釈をしながら、エリザベスは自分のために準備された席へ向かう。王立騎士団の百五十周年式典とあって、その会場には多くの人々が集っていた。

円形の競技場と思しき会場は、中央前部に楽隊が整列している。駆けつけたジョゼモルン王国民たちは、周囲を取り囲む円周に沿った草地に腰を下ろしていた。

賓客用の席は、競技場中心部。

エリザベスは女性用の座部が広い椅子に座り、ドレスの裾の乱れを整える。

ジョゼモルンへ入るまでは、侍女のジュリエッタと同じ馬車でやってきたが、式典会場にまで侍女を連れてくることはできない。その代わりに、エリザベスを護衛するエランゼの騎士が二名、彼女の背後に控えていた。

エリザベスが席に案内されたのは、式典の直前となってからだった。それというのも、参列する賓客の身分が高いほどに、席につく順番はあとになる。もともとは、貴人が襲撃されるのを防ぐためだったと言われているが、その真偽については定かではない。

エランゼ王国を代表してこの場にいるエリザベスのあとには、ジョゼモルンの王太子夫妻と国王夫妻が会場に入り、それを見計らったように楽隊の前に指揮者が立つ。

青く澄み渡る空に、突き抜けるような鋭く美しい笛の音が響く。それが、本日の式典の鏑矢となった。

王国民たちが一斉に立ち上がり、歓声をあげる。エリザベスは、何が起こったのかと心のなかでうろたえた。

今まで、彼女が参列した公式の式典といえば、いつも厳かな空気に満ちていたからだ。

それが、今日は会場からして雰囲気が違う。屋外の競技場で、王国民たちも自由に入れる場所。そこに、騎兵を先頭にした騎士団員たちが、行進して入場してきた。

そろった動きに、一瞬で目が惹きつけられる。エランゼにも騎士団はあるが、エリザベスが接する機会のある者たちではない。一国の王女には、騎士団員とのかかわりなどあまりないものだ。彼らのなかから、王女の護衛兵が選ばれる。普段、騎士たちがどのような訓練をしているのか、どんな任務に就いているのかも、エリザベスは詳しく知らなかった。

円形競技場をぐるりと一周した騎士たちが、左右に分かれて整列すると、今度は白い騎士服の男性が三人、馬に乗って現れた。

――クリスティアンさま……！

ひと目で、エリザベスには彼がわかった。

初めて見たときよりも、距離が近い。それに、あのころより彼はひとまわり逞しくなったように思える。幼い日の記憶など、あてにならないとわかっていても、何度も何度も反芻した思い出の人だ。

彼は、今年二十八歳。

すらりとした長身に、馬を跨ぐ長い脚。白い聖衣にも似たデザインの騎士服は、襟と袖口に銀糸の刺繍がほどこされ、長靴だけが濃紫色。銀の直毛が、馬の鬣と同じ動きで風になびく姿は、さながら名だたる画家の描いた一枚の絵のようで。

エリザベスは、体が芯から震える思いがした。

その人を見ているだけで、心が騒ぐ。これでもなお、この想いを恋に恋しているだけだと片付けることができるだろうか。

まばたきすら惜しんで、彼を瞳に焼きつける。聖なる騎士は、ある意味で聖人のようにエリザベスの心に刻まれていった。


聖堂に寄ったのは、エリザベスが信心深い少女だからという理由ではない。

ジョゼモルンの宮殿近くにあるこの大聖堂は、以前から何度か訪れていた。

幼なじみであり、エランゼの大司祭の孫息子であるジョーイ・フェッセンデンが聖騎士になりたいと言って、国を出たのは一年前。自国でも、宗教学を学んでいればいずれはそれなりの立場になることを約束された血筋に生まれながら、ジョーイはジョゼモルンへ来ることを選んだ。


——今日は、たしかこちらに来る予定だと言っていたけれど……

両親同士が親しかったこともあり、ジョーイとエリザベスは兄と妹のように育った。幼少期、体の弱かったジョーイは祖父である大司祭のもとに預けられることが多く、宮殿から自由に外へ出られないエリザベスとパトリックの大切な、そしてほぼ唯一と言ってもいい同世代の友だちだったのである。

「ジョーイ？　ジョーイ、もう来ているのかしら？」

約束をしていたわけではなく、偶然ジョーイからの手紙で式典当日にはのちに聖堂へ行く用事がある、と書かれていただけだった。なので、彼の予定が変わっていれば、会えない可能性も理解している。

聖なる場所、それも入り口は表のひとつしかない聖堂だからこそ、なかへ入るときは護衛をつけることもない。エリザベスは、王女という立場ではなく、友人としてジョーイの名を呼ぶ。

まっすぐに続く祭壇への道、その左右には参列席が並んでいる。

「ジョーイ……？」

エリザベスの視線は、その通路と同じく直線的に祭壇へ向かい、そこで彼女は息を呑んだ。

まさか、そんなことがあるはずがない。

けれど、幻覚とは思えないほどはっきりと、彼女が強く強く望んだ存在が、そこに片膝をついているではないか。

クリスティアン・レイ・ジョゼモルン。この国の国名を名に持つ男性が、つい先ほど円形競技場で見たのと同じ、白い聖衣を模した騎士服姿のまま、祭壇の前にいる。

「……クリスティアン、さま……」

なかば呆然としながらも、エリザベスの唇は彼の名を紡いだ。その声に、銀色の髪がふわりと揺れて、彼が振り返る。

「はい、なんでしょう」

　このとき、初めて目が合った。

　青く透明な、湖面のような瞳に、エリザベスが映し出されている。それを思うと、心臓は今にも破裂しそうなほど早鐘を打っていた。

　すっくと立ち上がった彼は、見上げるほどに背が高い。そして、同じ人間であることを恥じてしまいそうなほどに、鍛え抜いた体をしている。

　エリザベスの生まれ育ったエランゼは、男性が恵まれた体格を持っている——と聞いていた。実際、どの国へ行っても、エランゼの男性のほうが胸板が厚く、肩幅が張って見えるものだ。

　しかし、クリスティアンの体は、騎士服の上からでも見てとれるほどに、しなやかでありながら見事な筋肉を保っている。彼もまた、生まれながらにして美しい骨格を持っているのかもしれない。広い肩幅は、エリザベスくらい片腕で脇に抱えられそうなほどに逞しい。

「おや、これはこれはエランゼ王国のエリザベス王女ではありませんか。斯様（かよう）な場所へ、ご視察ですか?」

　そして、その声は想像よりもずっと若々しかった。彼の聖騎士という役職のせいか、あるいは自分よりずっと大人の男性だと思っていたせいか、エリザベスはクリスティアンの声を想像するとき、ぐっと低いかすれた声を思い浮かべていた。

だが、実際の彼の声は、涼しげでありながら艶のあるやわらかな声音である。語尾が甘く、旋律を奏でるような響きさえあった。

「どうして、わたしの名をご存じで……」

八年もの間、ずっと片恋をこじらせてきたエリザベスは、自分が大国の王女であるということすらクリスティアンの前では忘れてしまいそうになる。

男性らしさを極めた屈強な体に反して、顔立ちは中性的な美しさを感じさせるクリスティアンが、穏やかに微笑んだ。

「無礼をお許しください。我が騎士団でも、エリザベス王女はたいそう人望があり、若い騎士たちの会話のなかによくお名前が出てくるものですから」

「い、いえ、無礼だなんてそんなことはありません。ですが、聖騎士さまがわたしのことをご存じだったことに驚いてしまいました」

頬があっと熱くなる。それを見られるのが恥ずかしくて、エリザベスはかすかにうつむいた。

――ずっと、ずっと夢見ていた。この人と話をすること。この人の声を聞くこと。それなのに、こんなときにうつむいてしまうだなんてもったいないわ。

頭ではわかっていても、異性に免疫のあまりないエリザベスは、ついもじもじと両手の指を絡めては離し、また絡めてばかりになる。

「大聖堂へいらっしゃるということは、神とのお時間を求めていらっしゃるのでしょうか？」

聖騎士の問いかけに、彼女はハッと顔を上げた。もし、ここで間違って頷いてしまったら、きっとクリスティアンは席を外してしまうだろう。彼女と神の時間を邪魔しない。彼ならば、きっとそうする。

——だからといって、幼なじみに会うつもりだったと言えば、クリスティアンさまとお話する機会はなくなってしまう。

とっさのことだった。エリザベスは、ただ彼ともう少しだけ一緒にいたくて、彼の声を聞いていたくて。

「わたし……、聖騎士さまにご相談をさせていただきたくて参りました」

嘘をつくことは、いけないことだと知っている。それでも、今ここに、クリスティアンにいてほしい。

——神さま、罰ならあとでいくらでも受けます。だから今は、クリスティアンさまといさせてください。

「私に……ですか？」

眉を軽く上げ、驚いた表情を見せる聖騎士が、すぐに目尻を下げた。

「エリザベス王女にご相談いただけるとは、身に余る光栄です。ジョゼモルンとの国交を大切にしてくださる王女には、常日頃から感謝の念を感じずにいられませんでした」

「そんな、あの……」

自分など、クリスティアンに会える機会はないかというよこしまな気持ちを胸に、ジョゼモルンを訪れていただけだ。エリザベスは、実像以上に過大評価されてしまうことを恐れ、弱く首を横に振る。

「謙虚でいらっしゃるのですね。ですが、その御心(みこころ)を迷わせる何かがおありでしたら、どうぞ私に打ち明けてくだささい。こう見えても、私は聖職者の資格も持ち合わせています。神の前で、あなたの秘密を守ることを誓います」

天井の美しい色硝子(いろがらす)から、光が差し込んでいた。その光は、青や赤、緑や黄色、様々な輝きでクリスティアンの銀髪を彩る。

「聖騎士さま、わたしは――」

エリザベスは、彼の前にゆっくりと膝をついた。両手を組み、敬虔(けいけん)な信者の姿勢で目を閉じる。

嘘はつけない。彼女は、神の祝福を受けた王家の娘である。

「わたしは、ずっとお慕いしている方がいらっしゃいます。けれど、その方を想っていることが罪になるのではないか、国のためにならないのではないか、自分勝手な想いなのではないかと、ずっと不安を抱えてまいりました」

心からの言葉を。

それは、エリザベスにとっては告白にも等しかった。けれど、決して相手がクリスティアンであることは明かさないよう、注意を払う。

聖騎士は、王女の懺悔（ざんげ）にも似た告白を黙って聞いていた。

ふたりの邂逅（かいこう）は、光に満ちた大聖堂。

幼なじみのジョーイが姿を現さなかったことさえ、エリザベスは忘れてしまっていた。

寝返りを打つ。何度体の向きを変えても、睡魔はエリザベスの寝台に姿を見せない夜。

式典が盛況のうちに終了し、自国へ戻った王女は、あれから眠れない夜を過ごしていた。

無論、まったく眠れないわけではないのだが、眠るたびに夢のなかにクリスティアンが現れる。以前ならば、目が覚めると嬉しくて、一日幸せな気持ちだったはずの彼の夢なのに、今はせつなさが塊となってのどを詰まらせるのだ。

——わたし、どうしてしまったのかしら。

憧れの聖騎士と直接話す機会を得て、彼の声を聞き、彼の姿を間近に見、神への感謝を強く感じる時間を享受した。

それなのに、想い焦がれた日々よりも、今のほうがずっと胸が苦しいのである。

あの日、式典を終えて大聖堂で偶然出会したクリスティアンは、エリザベスの話を親身になって聞いてくれた。

恋と呼べるかわからないほどの、ほのかな想いを抱えているけれど、自分の心と無関係に嫁がなければいけない。そんな彼女に、聖騎士は黙って頷き、優しい相槌を打ってくれる。

想像していたとおりの、優しい人。力強い体と、繊細な心を持った彼に、エリザベスはいっそう強く惹かれるばかりだ。

それどころか、クリスティアンは別れ際、

「誰にも打ち明けられない苦しい夜には、よければ手紙を書いてください。私は、王女の秘密を厳守いたします」

そう言って、自身が国の南側にある古い離宮に住んでいると教えてくれたのである。

何度も、手紙を書こうとペンとインクに手を伸ばした。だが、何を書いたらいいかわからない。

あなたに憧れていますとも、ずっとあなたとお会いしたかったとも――書くわけにはいかないのだから。

もし自分がもっと器用な娘だったならば、何かしら理由をつけて手紙を書くこともできたかもしれない。けれど、エリザベスは嘘をつくのはいけないことだと教えられて育った。エリザベスでなくとも、誰もがそうであるように。

——会いたい人がいる、と素直に書いていいのかしら。

もう一度寝返りを打って、エリザベスはカーテンの隙間から漏れいづる細い月光に目を向けた。

しっかりと閉めたつもりでいても、夜の薄闇に光は差し込む。それはまるで、心を押し込めようとすればするほどに、あふれ出てしまう恋に似ている気がして。

明日になったら、と彼女は思う。朝が来て、明日やるべきことを済ませたら、午後にでも手紙を書こう。口に出してしまったことで、いっそう募るこの想いを、相手に告げられないまま嫁がなければいけないことを。

その相手こそがクリスティアンである事実を避ければ、彼に相談してもいいのだろうか——眠れない夜は浅く、薄く引き伸ばされる。

しんと静まり返った寝室に、自分の心臓の音だけが響いている。一音ごとに、鼓動は告げていた。会うべきではなかった。見つめるだけでいいと思っていたのに、目と目を合わせれば心は逸る(はや)ばかり。その声を聞いて、その優しさに触れて、エリザベスの初恋は小さな胸を締めつける。

もしも。

あの人が、自分を妻に望んでくれたならば——そんなわけがあるはずもない。知っていても、ありえない未来に思いを馳せる(は)。

明け方近くなってから、エリザベスはやっと眠りに就いた。

『親愛なる聖騎士さま』

そう書き出して。

エリザベスが出した手紙には、十日後に返事が来た。隣国とはいえ他国に出した手紙だ。届くまでに三日はかかったに違いない。

――クリスティアンさまが、わたしだけに伝える言葉をここに記してくださっている……

そう思うと、耳の裏がぞくぞくと震えるような感覚があった。

真鍮（しんちゅう）の鈍い光を放つペーパーナイフを手にとり、エリザベスはごくりと唾を呑む。

彼の手による文字が、流麗に自分の名を刻んでいる。それを見るだけで、頭に血がのぼって倒れてしまいそうな気がした。

以前は、ただ憧れるばかりだった。

つながりを持たず、一方的に自分ばかりがクリスティアンを知っている状態だと思っていたのに、彼はエリザベスの存在を認識していてくれた。

冷静に考えてみれば、隣国の――それも大陸内でもっとも勢力を持つ大国エランゼの王女を、ジョゼモルンの王族であるクリスティアンが知らないはずはないのだが、そんな理由はどうでもいい。

あの美しい騎士が、自分を知っていてくれた。それだけで、エリザベスは泣きたいくらいに心が躍るのだ。

恋とはなんて、不思議なものだろう。

理性も弾け飛び、これまで十六年間学んできた様々な知識を失わせ、彼のことばかり考えてしまうだなんて。

――きっと読んだら、わたしはもっとクリスティアンさまに惹かれてしまうわ。

手紙一通でこれほどまでに舞い上がる自分を、神は許してくれるだろうか。

――誰も許してくれなくても、わたしはクリスティアンさまが好き……！

思い込みの激しさも、初恋ゆえのもの。高鳴る胸をなんとか落ち着け、エリザベスは手紙を受け取ってから小一時間も過ぎて、やっと封を切ることとなった。

彼の書く文字は、人柄が表れたように美しかった。読みやすく、けれどわずかに癖のある丁寧な文字。

『お心を悩ませていらっしゃるようですね』

『私にできることがあれば、なんでもしてさしあげたい』

『エリザベスさまは、国思いのすばらしい王女と存じます』

彼女の本心を知らないクリスティアンは、ただただ優しくエリザベスを気遣って、励ましてくれている。

偽りではないけれど、すべてが真実だと言えない手紙を送ってしまったことで、彼に迷惑をかけたのではないだろうか。聖騎士として、国のため民のために働くクリスティアンの時間を奪い、これほどまで早く返事をいただいてしまった。

そのことを思うだけで、エリザベスは泣きたいくらいに幸せになる。

「想うだけなら、この心はほんとうに自由なのかしら」

王族として、課せられた義務は平民の娘のそれとはまったく違う。宮殿から外へ出ることさえ、ひとりではままならず。公務という名目がなければ、国外へ行くことも許されず。

かといって、王女として働くことで給金を支払われることもなく、エリザベスはきせかえ人形のように美しい衣装を着せられ、王国民に微笑みかけるしかできない。

自由とは、手の届くところにあるものではなく、彼女の心のなかにしかないものだった。

「縁談が決まって、どこかの国へ嫁ぐことになるまでは、クリスティアンさまにお手紙を書いても許されるものなのかしら……」

紫色の瞳に、薄く涙の膜が張る。

手にしたハンカチをあてがう時間すらなく、白磁の頬を透明な涙がひとしずく滑り落ちていった。

今にも折れてしまいそうな、儚(はかな)げで可憐な王女。彼女は、いつだって誰からも愛され、誰からも好まれ、誰からも大切にされてきた。

——初めて好きになった方が、クリスティアンさまで良かった。

エリザベスは、彼から届いた便箋をそっと胸に抱きしめる。

親愛なる聖騎士さま

先日は、お手紙をありがとうございました。

エランゼは、ここのところすっかり秋になり、風が冷たくなってきております。ジョゼモルンはいかがでしょうか。

クリスティアンさまは、今日も騎士団の皆さまと訓練に精を出していらっしゃることと存じます。

いつもこうして、わたしの相談を受けてくださること、心より感謝申しあげます。

先日いただいたお返事にありましたが、わたしがひそかに慕っている方に心を打ち明けるのは、やはり王女として許されることではないと考えております。

クリスティアンさまのおっしゃるとおり、わたしは少し臆病なところがあるようです。

わたしの想いが、その方のご迷惑になってしまうのが何よりも怖く、またその方のご負担になってしまうことを考えると、夜も眠れなくなってしまうのです。

世の女性は、皆このような想いを感じていたのでしょうか。

自分の幼さに、ときどき気恥ずかしさを覚えます。

わたしは、その方と出会うまで恋を知らず、愛情といえば家族や臣下、民たちに感じるものとばかり考えておりました——

◆◆◆

心優しきエリザベス王女

お手紙、拝読しました。

こちらも木々の葉が落ち、空の色が日一日と秋に染まってまいります。

エリザベス王女の頬を揺らす風が、ジョゼモルンにも吹いてきているかもしれないと考えると、私は時折落ち着かない気持ちになることがあります。

今ごろ、王女は心を悩ませていないだろうか、秘めた恋に打ちひしがれてはいないだろうかと、あなたのことを考える時間が増えていく日々です。

秋は不思議ですね。

さて、先日のお手紙では、王女はご自分のことを罪深く感じていらっしゃるように思いました。

誰かを想うことは、決して禁じられたことではありません。

我々の神は、愛情を持って生きることを推奨してくださっています。

幼い初恋だと、王女はお考えのようですが、初恋とは誰にとってもただ一度、永遠の思い出となるものです。

今のお気持ちを大切に、大人になってくださることを願うばかりです。

王女に想われる男性は、幸せな方ですね。

世の女性は、皆恋に胸を痛めているのだろうか、と王女はお書きになっていらっしゃいましたが、それは女性に留まらず男性とて同じことかと存じます。

若い騎士たちの多い団におりますと、やはり彼らの話題の中心となるのは、地元に残してきた恋人や想い人、憧れの貴婦人についてです。

体を鍛え、国を王家を守る騎士たちであっても、恋は心を甘く溶かしてしまうもの。

恋は罪ではありません。

まして、王女の想い人は既婚者でもないと聞いています。

お心のままに――

◆◆◆

親愛なる聖騎士さま

いつもお手紙をありがとうございます。

先日、初雪が降りました。

例年より早い冬の到来に、王宮の者たちも皆、甲斐甲斐しく冬支度に励んでおります。

ジョゼモルンでは、ひと足早く雪が降ったとそちらの出身である侍女が申しておりました。

いつもご相談をさせていただいているお礼を込めて、防寒具を贈らせていただきます。

お好みに合えば良いのですが——

心優しきエリザベス王女

先日は、あたたかな襟巻をありがとうございました。

騎士団の若い連中と食事に出かける際に着けてまいりましたところ、恋人でもできたのかとひやかされました。

私が王女の恋人だなんて、ありえないことだというのに。

ですが、王女がくださった襟巻を着けていると、お会いした日のことを思い出します。

あの大聖堂で、あなたはとても小さく愛らしく、そして今にも消えてしまいそうに儚げな女性に思えました――

親愛なる聖騎士さま

あなたを、お慕い申しております――

◆
◆
◆

返信を書いていたつもりが、手が勝手に心の声をなぞらえた。

エリザベスは、決してクリスティアンに出すわけにいかない手紙を前に、唇をきゅっと引き結ぶ。

新年のお祝いを終えた夜、彼女は寝室の書き物机に向かい、暖炉の炎をじっと見つめていた。

幾度となくやりとりを交わしたことで、クリスティアンとの手紙は親密さを増していく。

最近では、秘めた恋の相談ではなく、ただの友人として文通をしている気さえするほどだ。

けれど、と彼女は思う。

ほんとうの想いを知れば、彼はどんな顔をするだろう。もう返事はくれないかもしれない。自分を疎ましく思うかもしれない。

王女の友人になることを望む者は多くいるかもしれないが、王女のかなわぬ恋の相手に選ばれることなど面倒でしかないだろう、とエリザベスは考えている。

——それに、クリスティアンさまはわたしよりずっと大人で、言わないだけで心に決めた女性がいる可能性だってあるんですもの。

彼は、自分のことを多く語らない。

その日にあったことや、騎士団での出来事を手紙に綴ってくれることはあっても、自身の過去の恋や、今現在想う相手がいるのかどうか、そういったことは一切明かさなかった。

無論、エリザベスとてそんなことを自分から尋ねることもできず、ふたりの間には暗黙の了解のように一定の距離を置くことが決められている。

どちらが言い出したことでもなく、それが礼儀なのだと彼の手紙は言外に告げている気がした。

新年の祝賀の時期を過ぎれば、エリザベスは十七歳になる。それを機に、縁談を取り決めようと昨年から両親に言われていた。

「……いつまで、こうしてお手紙を書いていられるのかしらね」

誰に問うでもなく、誰の同意を求めるでもなく、エリザベスは小さくひとりごちる。

あなたを、お慕い申しております。

そう書かれた便箋を、そっとしまい込む。これは、告げてはいけない想い。

彼にはたくさんの思い出をもらった。手紙は、嫁ぐときにもレターボックスにしまって持っていけるだろうか。

もしも夫となる人の目に触れれば、気分を害することになるかもしれない。エリザベスの使っているレターボックスは、母が昔から使っている東洋の文箱と呼ばれるデザインのものだ。鍵をかけられるものではないため、新しく鍵付きのレターボックスを作ってもらうべきかもしれない。

冬用の厚いカーテンを、指先でそっと持ち上げてみる。窓硝子には結露が伝い、外はしんしんと雪が降っていた。この冬は、ずいぶん降雪量が多い。

金色の巻き毛が、暖炉の炎の揺らめきを映すようにきらめく夜、エリザベスはペンを置いて寝台にもぐり込んだ。

伝えたい想いはたくさんあって。

伝えられない想いばかりが募っていって。

次か、その次か、あるいはそのまた次か、遠からず文通は終わりを迎える。

そう思うと、何を書いていいかわからなくなってしまったのである。

逃げ出した先の寝台は、やわらかな上掛けがエリザベスを守ってくれた。ぬくもりは、いつだってたしかなものだというのに、今の彼女が欲しているのはどれほど凍えてもいいから、あの人のそばにいること。ただそれだけだった。

エランゼ王国の新年は、年明けから十日間続く祝賀期間で終わる。

王国の民たちは、年に一度の祝賀祭で宮殿に足を踏み入れ、王と王妃、王族たちの挨拶を眺めるのが恒例の行事だ。

幼いころは、エリザベスも新年の祝賀祭が楽しみだったのを覚えている。明るい色の防寒具をつけた民たちが、自分に手を振ってくれる。限られた空間で暮らす王女にとって、民と触れ合う機会は多くない。

けれど。

その年、可憐な王女は例年よりも少しだけ浮かない気持ちで新年の祝賀期間を終えた。十七歳の誕生日が近づいてくることが、エリザベスを気鬱にさせるのだ。

いっそのこと、母に相談してみようかと何度考えたかわからない。父に心から愛され、民たちに慕われる王妃は、娘がかなわぬ恋に胸を焦がしていると知れば、きっと良い助言をくれるだろう。子ども思いの優しい母なら、あるいはエリザベスのために何か手を講じることを考えてくれるかもしれない。

それがわかっていても、母に打ち明けられなかったのは、そうすることが王女として正しい道なのかと自分に問いかける声が頭のなかにあるせいだ。

母は、父の顔も知らぬままにエランゼへ嫁いできたと聞いている。自由な恋など、両親には許されなかったということに違いない。今でこそ、愛し愛される理想の国王夫婦だが、両親さえ許されなかったことを自分が勝手に望むなど、おかしなことだ。まして、大切な娘が胸を痛めていると知れば、きっとエリザベスの母は心配する。母のコーデリアを自分の不安に巻き込み、我儘を通すようでは娘としても王女としても失格だ。

「――ベス、エリザベス？」

「はい」

ぼんやりと考えごとをしていたところに、件の母の声が聞こえる。

エリザベスは、東南に面したティールームで、お茶の時間を過ごしているところだった。

「まあ、あなたにしては珍しいわ。こんなに近くに来るまで、物思いに耽っているだなんて」

年齢よりだいぶ若く見える母、コーデリアが腰をかがめてこちらを覗き込んでくる。

「わたしだって、たまにはぼんやりしていることくらいあるわ、お母さま」

「そうかしら。いつも気を張って、パトリックのぶんまでしっかり者の王女さまじゃない」

ふふ、と軽やかな笑い声をあげる姿は、幸せそのもの。母は、エリザベスの憧れの女性なのだ。

「お母さまこそ、どうなさったの？　今日は、お父さまと視察にお出かけだと聞いていたのに」

「そうなの。ほんとうなら、出かける予定でいたのよ。でも、急なお客さまがいらして、大事なお話があったものだから」

微笑を崩さない母を前に、エリザベスはその表情から感じるものがあった。

いつも幸せそうな、エランゼ王国の王妃。若くして嫁いできた母は、普段から笑顔の絶えない人だ。けれど、これほどまでにあふれんばかりの喜びを体現しているのは、きっと理由がある。

今。

このエランゼの宮殿で、もっとも喜ばしい話が持ち上がるとするならば、それは――

「あなたと、是非に結婚したいという殿方がいらしているのよ、エリー」

幼いころの呼び名が、なんだか今はひどくせつない。

王族だけではなく、貴族の娘たちも、家のための結婚をする。それは、古来から当然のしきたりだった。より良い家柄の相手から望まれることが、そうした娘たちの幸せであると、周囲の大人は教え込む。エリザベスの場合ならば、より良い国の相手から望まれることが何よりなのだ。

「そう、ではご挨拶に伺わなければいけないわね」

しかし。

相手がどこの誰だとしても、エリザベスにはなんの感慨もない。ただひとり、望んだ相手がいるのだ。その人からの求婚でない限り、喜べるはずがないというもの。

「……エリー、なんだか寂しげな表情をしているわ。結婚について、何か思うところがあるの？」

歩き出そうとした娘の手を、母がきゅっとつかむ。

「もちろん、緊張しているのよ。だって、縁談はいくつか持ち込まれていたけれど、ご本人がわざわざいらしていて、そのことをお母さまがわたしに伝えに来るということは、今日いらしている方が、結婚相手となるのでしょう？」

そもそも、一国の王女の結婚ともなれば、そう簡単に決められることではない。急な客人だと母は言ったが、もしかしたら前もってその男性が宮殿を訪れることは決められていたのではないだろうか。

——お母さまは、嘘のつけない人だもの。きっと、ほんとうに急にいらしたと信じているのでしょうけれど……

国を動かすということは、素直であればいいというものではない。実直に見える父とて、エリザベスの知らないところで統治者としての顔を見せるに違いない。

「エリー」

つかんだ手を痛いほど強く握られて、エリザベスはハッと顔を上げる。自分の言い方が悪かったせいで、きっと母に余計な心配をかけてしまった。今さら気づいて、目を伏せる。

「エリー、エリザベス。あなたはたしかにエランゼの王女です。だから、国のために嫁ぐことを当然と教えられて育ってきたことでしょう。わたしも、そうだったわ。だけどね、もしあなたがほんとうにそれを望まないというのなら、お父さまもお母さまも、エリーの気持ちを何より優先するくらいの度量は持ち合わせていますよ」

「……お母さま」

小柄でありながら、力強く優しい言葉をかけてくれる母が、大きな存在に感じられる。同時に、政略結婚で幸せな家庭を築いてきた両親を知っているからこそ、エリザベスが自身の縁談を拒むことは父と母を否定することにつながるのではないかと懸念する。

「お母さまったら、心配しすぎです」

だから。

エリザベスは、ときどき優しい嘘をつく。嘘はいけないことだと教えられて育った。クリスティアンに真実を告げずにいることも、心苦しく思う。

それでも、大切な人を傷つけるより嘘をつくほうがいいと、エリザベスは考えていた。

「わたしだって、結婚相手となるかもしれない殿方と会うとなれば、緊張くらいするわ。それに、わたしを望んでくださる方のもとへ嫁ぐのが、何よりの幸せになるはずだもの」

相手の男性本人ではなく、その人の国が自分を選んだのだとしても。

現在、大陸内では国と国の争いや諍（いさか）いは起こっていない。少なくとも表立って対立している国家はなく、和平のための婚姻に自分が使われることはないと知っている。互いの国力を強化するために結婚するのであれば、それは望まれて嫁ぐことだ。対立する国に嫁ぐより、ずっと恵まれている。

「大人になったのね、エリー」

「あら、背だってお母さまより高いでしょう？」

「そうかしら。身長はまだわたしのほうが高いと思うわ」

小柄な母娘は、ふたりで背伸びしながらティールームをあとにした。

──これで良かったの。きっと、次に書く手紙が最後の手紙になるけれど、わたしはもうじゅうぶんに幸せでした、クリスティアンさま……

しかし、王女エリザベスの予想は、大きくはずれることとなる。

宮殿の中央にある、赤い絨毯（じゅうたん）を敷いた謁見の間に、エリザベスは母と連れ立ってやってきた。

金の装飾を施した扉は、この国の王たるヒューバートが、その先で待っていることを意味する。

「ところで、お母さま」

扉の前に並んで立ち、エリザベスは母に呼びかけた。

「何かしら、エリザベス?」

本来ならば、こうした場合に母が自分を呼びに来る必要はない。侍女の誰か、あるいはほかの使用人でかまわないところを、母がわざわざ出向いてきてくれた。

そのことを、エリザベスは感謝している。

「お母さまは、いつもお優しいのね」

だが、どう伝えたらいいのかわからなくて、王女はふわりと微笑んだ。

「娘を想うのは、どの母親も同じよ。きっと、あなたもいつかわかるわ」

そして。

ふたりの前で、扉が左右に開かれる。正面に、数段高くなった王座があり、そこに父の姿があった。その手前に立つ青年が、深い紫色のフロックコートを翻す。腰には、ジョゼモルンの特徴である、細く長い剣が——

「……クリスティアン、さま……!?」

エリザベスを見つめる青年は、見間違うことなど決してありえない、美しい銀髪の騎士だった。その名を、クリスティアン・レイ・ジョゼモルン。隣国ジョゼモルンの末王子であり、王立騎士団の最年少聖騎士であり、そしてエリザベスがずっと想いつづける相手が、そこに立っている。

信じられない。

エリザベスは、自分が夢でも見ているのではないかと目を瞠った。大きな瞳には、何度たしかめてもクリスティアンその人だけが映し出されている。

ならば、と彼女はまばたきをする。長い睫毛がぱちぱちと音を立てるほどに繰り返しても、クリスティアンの姿が消えることはなかった。

「あら、エリザベス、クリスティアン殿下をご存じだったの？」

どこかのんきな声で、母が歌うように尋ねる。ご存じも何も、彼こそがエリザベスの初恋の相手なのだということを知る者は、謁見の間には誰ひとりとしていなかった。

◆　◆　◆

「エリザベス王女、このようなこととなってしまいましたこと、あなたのご不興を買っていなければ良いのですが――」

申し訳なさそうに、それでいていつもの優雅さを兼ね備え、クリスティアンがエリザベスをそっと覗き込んでくる。

「い、いいえ、わたしはそんな……。ですが、クリスティアンさまはよろしいのですか？」

「はい。私は、あなたのようなすばらしい女性を妻に迎えられることを、心より嬉しく思っております」

美しい青の瞳が、夢見るように細められる。それを見つめるエリザベスは、今にもほう、と息を吐きそうになるのをこらえるので精一杯だ。

並み居る求婚者のなかで、エリザベスにもっともふさわしいとして選ばれた男性こそが、クリスティアンだったなどと、いったい誰が考えただろう。エリザベスには、いまだにこれが現実だと思えない。

「ですが、王女にあられましては想う方がいらっしゃるにもかかわらず、私と結婚することとなってひどくお心を痛めていらっしゃるのではないでしょうか」

謁見の間で、クリスティアンの求婚を受ける返答をしたのち、ふたりは中庭を歩いて温室へやってきていた。

外は冬の風が吹き、まだ雪も残っているというのに、温室のなかだけは暖かな空気が立ち込めている。枝を落とした薔薇の木が並んだ花壇のそばにある、大理石の長椅子に腰かけて、ふたりは静かな声で話をしていた。

「そんな、あの……わたしは……」

昨年から、エリザベスはクリスティアンに相談をしていたのだ。許されない恋、初めての恋。その相手であるクリスティアンに、名を明かすことなく想い人への秘めた心を打ち明けていた。なにしろ、エリザベスとてこのような事態になるとは考えたことがなかったからこそ、できたことである。

――いったい、どうしてクリスティアンさまがわたしに求婚だなんて……

「あなたの相談に乗るうち、私はひとつの案に気がついたのです。たしかに、王女としてのお立場を考えれば、エリザベス王女には自由な恋は許されないかもしれません。結婚前はお心だけは自由であっても、その後は夫となる男性に慈愛を注ぐ必要があることも承知の上です。それでも、私はあなたのお心を自由にしてさしあげたく思ったのです。あなたには、いつも笑顔でいていただきたい。だから――」

クリスティアンの、白い手袋をした手が顎先に触れる。そのまま、エリザベスの顎がくいっと上げられた。

「だから、あなたに求婚したのです」

「クリスティアンさま……？」

真正面から瞳を覗き込まれても、エリザベスには彼の言っていることが理解できない。

想う相手ならば、今ここに、目の前にいるのだ。その当人から求婚されている。

「私ならば、あなたがほかの誰かを想っていると存じています。強引にお心を引き寄せようとせず、エリザベス王女の幸せを願うことができましょう。また、こう見えて一応王族の末席に身を置く者ですから、王女の降嫁先としても周囲にご納得いただけるかと存じます」

ジョゼモルンは大国ではないまでも、大陸では聖地とされる国である。神の血を受け継ぐ王家の、それも直系の王子との縁談であれば、文句を言う者などありはしない。

「それに、末の王子という立場ですので、急いで子をなす必要もありません」

「こ、子を……」

かあっと頬が熱くなる。

結婚するということは、夫との間に子をもうけることがエリザベスの役目だ。夫婦の寝室で、いったいどのようなことが行われるか、詳細は知らない。

けれども、それがとても秘めやかで親密で、ほかの誰とも共有できない時間なのだろうということは予想がつく。

——わたしがクリスティアンさまのお子を……

そう考えかけて、たった今、彼が「急いで子をなす必要がない」と述べたことに気がついた。

つまり。

彼は、今すぐにほんとうの意味で、エリザベスと夫婦になる気はないと宣言したのである。

「いけません、そんなこと！」

らしくもない大きな声を出して、王女は自分に驚いた。

「……エリザベス王女?」

手袋をはめた指が、彼女の頬をつうとなぞる。心配するように、気遣うように。その指先は、せつないほどに優しくて。

「だ、だって、クリスティアンさまは皆の信頼も篤（あつ）いすばらしい聖騎士さまなのですもの。そのクリスティアンさまが、お子をなさないだなんて、きっとジョゼモルンの民たちががっかりされます……!」

妻として迎えてくれるのならば、何か少しでも彼の役に立ちたい。たとえ、クリスティアンが自分と同じ気持ちでなかったとしても、いや、異なる気持ちだろうからこそ、エリザベスは強くそう思う。

「そのように、義務感から自身を律することはないのです。私は、あなたに幸せでいていただきたいのですよ、エリザベス王女」

「……ですが」

言いかけて、言葉に詰まった。

ですが、わたしがずっと想ってきたのは、クリスティアンさまなのです――

その本心を告げれば、彼はどんな顔をするだろうか。不自由で豪勢な檻（おり）のなかで、羽を広げることなく空を見上げていた王女を救おうとする彼は、役職どおりの騎士だ。

騎士として、王女を守ろうとするその気概を、エリザベスの想いが挫（くじ）いてしまう。

──だって、クリスティアンさまはわたしがどなたを想っているか、知らないんですもの。

「悲しい顔をなさらないでください。私は、あなたを苦しめたくありません。王族とはいえ、中央宮殿を出た身です。我が離宮には、あなたが自由に過ごすだけの準備を整えましょう。ですので、どうか私の妻となってはいただけませんか、エリザベス王女」

銀色の髪が、現実とは思えないほど美しく輝いている。天井まで硝子でできた温室は、太陽の光を遮るものがない。

謁見の間での、形式張った求婚とは違う、彼の妻問い。

エリザベスは──

「す……末永く、よろしくお願い申しあげます……」

真っ赤な顔をして、うつむくばかりだった。

「こちらこそ、どうぞよろしくお願いいたします」

花の咲かない冬の温室で、クリスティアンがにっこりと笑いかけてくれる。

──これは夢？　ほんとうにこんな現実がありうるの？　ああ、神さま、なんとお礼を申しあげて良いかわかりません……！

第二章　優しさと強引の狭間

　翌春。

　晴れて、エランゼ王国のエリザベス王女は、ジョゼモルン王国の聖騎士クリスティアンのもとへ嫁いだ。

　両国をあげての婚儀は、それは盛大に執り行われた。

　もとよりジョゼモルンにおけるクリスティアンは、王族のなかでもひときわ人望と人気を集める青年だったが、大国エランゼの王女を娶ったとあって、市井でも話題を攫ったらしい。

「――ああ、幸せだわ……」

　ほう、と息を吐いて、金の髪の花嫁が窓に指先を這わせる。

　努力は報われる、祈りは必ず神に届く、信じる者は救われる。そうはいっても、かなわない願いとてあるのだと思っていたエリザベスが、初恋の聖騎士の妻となったのである。幸せどころか、この世の春と言っても過言ではない。

　問題は。

夫であるクリスティアンは、今もまだエリザベスがかなわぬ恋をしていると思っている点だけである。

——言わなくてはと思っているのだけど……

ずっと相談に乗ってくれていた、優しいクリスティアンに、今さら真実を打ち明けることは裏切りにも似て感じてしまう。そのせいで、エリザベスは気後れを隠せない。

新居となった離宮を、クリスティアンは「古い離宮で申し訳ありません」と言っていたが、エリザベスにとってそこは歴史ある美しい建物だった。

石造りの城は、小高い丘の上にあり、ジョゼモルンを一望できるところも気に入っている。それに、以前は宮殿から勝手に外出することもできなかったのが、今では望めば城下へ買い物に行くことも許されている。当然ながら護衛はつくけれど、そんなことは問題ではない。

エリザベスのために用意された寝室と居室の二間続きの部屋は、彼女の瞳の色のカーテンが揺れている。これをクリスティアンが選んでくれたのかと考えるだけで、若き花嫁は幸福に心が躍る。

「ジョゼモルンでは、紫がもっとも高貴な色とされています。リジーの瞳は、我が王家にぴったりの色をしていらっしゃいますね」

彼の言葉を思い出し、今日もまたエリザベスはうっとり目を閉じるのだ。

リジーというのは、ふたりで相談してクリスティアンだけがエリザベスを呼ぶための愛称に選んだもの。

以前から、手紙でいろいろなことを話し合ってきたふたりだからこそ、こうして結婚生活を送るにあたり、どんなことでも相談して決めよう、と彼は言ってくれた。

——リジー、リジー、いい響きだわ、リジー。

幼いころ、母や弟からはエリーと呼ばれていたけれど、クリスティアンだけが自分を呼ぶ名があるということが、とても新鮮に感じられる。

つまるところ、エリザベスは結婚から一カ月が過ぎても、クリスティアンのことを想像するだけで、思い出すだけで、得も言われぬ幸せな気持ちになる毎日なのだ。

夕刻を過ぎると、いつも決まった時間に帰宅する夫は、誰よりも優しくエリザベスにただいまのキスをしてくれた。ひたいに触れる彼の唇が、毎日のご褒美だ。

今日も、クリスティアンが帰宅する時間が近づいてきている。それを思うと、もう今からエリザベスは落ち着かない。

——クリスティアンさまのお帰りが待ち遠しいと思っていることを、彼はきっと知らないのでしょうね。

幸せで、どうしようもなく幸せで。

ほんの一匙(さじ)、寂しさの残る毎日。

離宮で働く誰もが、きっとエリザベスがクリスティアンを想っていることを、その表情から察しているだろうに、彼だけは知らないのだ。

花嫁が、ずっと彼に恋してきたことを。

◆　◆　◆

さて、と彼は思う。

結婚して、今日でちょうど一カ月。クリスティアンは、その間一度も花嫁に手を出さなかった。

なにしろ、相手は箱入り娘ならぬ箱入り王女である。愛らしい瞳に、可憐な微笑み。小柄な体躯(たいく)も相まって、十七歳には見えない少女を妻に迎えた。

——さて、どうしようか。俺が知っていることを、いまだにリジーは気づいてもいないらしい。

そう。

クリスティアンは、決して聖人などではなかった。それどころか、エリザベスと初めて大聖堂で会ったときから、彼にはわかってしまっていたのだ。

この少女の想い人とは、自分なのではないだろうか、と。

その疑問が確信に変わったのは、最初の手紙を受け取ったときだった。秘めた恋に心を痛める彼女は、嘘こそついていないのだろうが、相手をぼかしている。

けれど、文面のそこかしこにせつなさのにじんだ、とても魅力的な手紙だった。いっそ、ラブレターだったと言ってもいい。

最初は、そんな彼女をいじらしいと感じた。

聖騎士らしく、紳士らしく、そして隣国の王族らしく振る舞うことを心がけてやりとりをしているうちに、クリスティアンは徐々にエリザベスに興味を持つようになっていった。

こうして手紙のやりとりをしていれば、いずれは彼女も本心を打ち明けるのではないだろうかと、期待したことさえある。

だが。

か弱い外見に似合わず、エリザベスは芯の強い女性だった。あるいは、彼女の語るとおり初恋ゆえに、どう打ち明けて良いかわからなかったのかもしれない。

理由はともあれ、いつまで待ってもエリザベスは想う相手がクリスティアンだと白状してくれず、それどころかだんだんとふたりの話題は広がっていく。彼女の生活、彼女の不自由。満たされた人生を歩んでいるだろうと思っていた王女は、籠の鳥のような日々を過ごしていた。

クリスティアン自身、ジョゼモルンの王族としてこの世に生を受けた身である。

しかし、エリザベスと違うのは、彼女は国王と王妃の間に生まれた王女であるのに、クリスティアンは父こそ国王ではあるものの、彼に手籠めにされた旅の一座の異国の娘から生まれた王子だという点だ。

それでも、クリスティアンを王子の座に置き、踊り子だった母を囲われの身として宮殿に住まわせようとした父は、最低限の男としての責任を果たしたのかもしれない。

ジョゼモルンの王家には、神の血が流れている。

古くからそう言い伝えられてきてはいるが、クリスティアンはそんなことを信じる気など毛頭なかった。

もしも神に近い存在ならば、なぜ父は母を無理やり自分のものにしたのだろう。幼いクリスティアンに、精神(こころ)の壊れた母親は何度も何度も泣いて語った。

彼女が、踊り子としてこの国へ来たときのことを、当時彼女はまだ十六歳で初恋さえ経験がなかったことを、どれほど泣いて懇願しても宮殿から出してもらえなかったことを――

王のお手つきとなった母を、旅の座長は金で売った。一座はジョゼモルンを離れ、銀の髪を持つ珍しい異国の踊り子だけが、この国に残された。

母は、父を愛してはいなかったのだろう。

それどころか、恨んでいたというのが正しいと、クリスティアンは思っている。彼が十歳になった夏の日に、母はこの世を去った。けれど、母の心はそれよりもずっと以前に死んでいたのかもしれない。

歳の離れた兄王子たちとは、ほとんど交流がなかった。クリスティアンは学業も武術も馬術も、どの王子よりも優秀だったけれど、それゆえにいっそう兄たちとの溝は深まった。

当然ながら、正妻である王妃はクリスティアンを邪魔にし、兄たちからは陰口を叩(たた)かれ、年老いた父とはろくに話をすることもなく、彼は育った。

だからこそ、クリスティアンは人の心の機微に敏感な子どもだったのかもしれない。周囲の人間が、自分に何を思っているか。それを読むことに長(た)けていた。求められていることを理解し、あえてその反対の行動をとった時期もある。いわゆる反抗期だ。

そののち、自分の居場所を確保するために今の自分を身に着けた。いわゆる仮面のようなものだ。本心を口に出さず、いつも穏やかに微笑み、優しく温厚な王子でいれば、誰もが彼を認めてくれる。王子として、美しいひとりの男性として。

自身の二面性に悩まなかったとは言わない。けれど、人間誰しもそういう面は持ち合わせているものだろう。自分だけが特別なわけではないのだ。ほんの少し、人よりも極端に外面(そとづら)が良い。そう思うことで、彼は自分を許容した。

微笑んでいると、たまには良いこともある。たとえば、目を細めることによって視界が狭まり、嫌なことを見ないで済む。

とはいえ、彼が何をしようと、王妃と兄王子たちは、クリスティアンを『旅芸人の娼婦(しょうふ)が産んだ、王の息子か証明できない男』として扱うことに違いはなかった。

十八歳になったとき。

老いた父が、気まぐれにクリスティアンに古い離宮を与えた。国王陛下の落し胤でしかない自分に王子の位を与えるような男だ。何を考えて城をひとつ与えたのかなど、わかるはずもない。

クリスティアンは中央宮殿を出て、一国一城の主となった。それと同時に、彼は王立騎士団に入団することを決めたのだ。

母譲りの美しい銀髪と、中性的でありながら色香を感じさせる美貌。そして、鍛えた体を持つクリスティアンは、騎士団でも異色の存在だった。なにしろ彼は、王子なのである。過去にも、騎士団入りした王子はいたというが、昨今ではそういった気概を持つ王族は少ない。

戦があってこそ、騎士団は活躍の場を得る。

そう考える者が増えたのは、この地が平和だからこそなのだろう。エランゼ国王が若き日に尽力したことによって、大陸には完全なる平和がもたらされていた。

武勲を上げることこそが騎士の誉れだと考える者は、活躍の場のない現在の騎士団に入る意味などないと判断する。

けれど、騎士には騎士の矜持があることを、団員たちはクリスティアンに教えてくれた。平和な時代だからこそ、彼らはその平和を維持することに尽力する。穏やかな毎日に胡座をかいてはいけない。そういうときにこそ、心と体を鍛え、万一の事態に備える。

若きクリスティアンは、騎士として生きることを誓い、ただひたすらに訓練に打ち込んだ。

彼が中央宮殿を出て、王族としての公務に携わることを放棄したことで、王妃と兄たちは安堵したらしかった。

その証拠に、二度と宮殿へ戻ってくるなとばかりに、彼らはクリスティアンを二十歳の若さで聖騎士に祀り上げることにしたのだ。

聖騎士など、目指したわけではなかった。

自分はただ、ひとりの騎士としてこの国に仕えていくつもりだった。王族ですらなくてかまわない。団内での立場もどうでもいい。

母の人生を犠牲にして生きてきた自分を、誰かの役に立つことで許したかった。

クリスティアンさえいなければ、父が母に飽きた時点で、母はこの国から出ていくこともできただろうに。

——俺の存在が、母さんの足枷だった。

母を亡くした夜、クリスティアンはその事実に気づいて泣いた。けれど、悔やんだところで母の人生は終わっている。

それから十年、二十歳になったクリスティアンは聖騎士となり、ひとりで立つ未来へ足を踏み出した。

孤独は、それほど恐ろしくなかった。団にいる間は、仲間もいた。離宮へ帰ると夜の冷たさのなか果実酒で自分を慰め、次第に感情を失っていく毎日を生きていた。

楽しいことなど、求めなかった。

母を弔いたいという想いから、聖職者の資格も取得した。

何をしても、満たされない。ある意味では、クリスティアンは器用すぎて、労せずともたいていのことをこなせてしまうのが理由だった。

そして、彼は器用ゆえに不器用だったのだが、二十八歳になった今なお、その事実に気づいていない。

自身を器用で虚しい男と考えるクリスティアンは、そんな自分に恋してしまった隣国の王女を妻として迎え、馬上でふと考える。

――さて。そろそろ、少しは楽しませてもらってもいいだろうか。

あの純粋な王女は、男の顔をして彼女を抱きしめる自分に、昨日までと同じ瞳を向けるのだろうか。

それとも、泣いて嫌がるのだろうか。

こんなつもりじゃなかったと。

そんな人だとは思わなかったと。

どちらでもいい、と彼は投げやりに乾いた笑いをこぼす。

エリザベスの思い描く自分は、ほんとうの自分ではないのだ。仮想の存在として扱われることにも、いささか飽きてきた。

「――おままごとは、終わりにしようか、リジー」

丘を駆ける馬が、速度を落とす。

クリスティアンは、彼を待つ花嫁をどう穢(けが)してやろうかと考えながら、胸のどこかにわずかな痛みを感じていた。その痛みの理由を、彼はまだ知らない。

時は、数時間前に遡る。

エリザベスは、日が暮れかけた離宮で、夫の帰りを今か今かと待っていた。さすがに、まだ彼の帰ってくる時間ではないと知っていながら、それでも新妻は美しく優しい彼の帰りを待ちわびていたのである。

エランゼから嫁いでくるときに、彼女と一緒にジョゼモルンへやってきた侍女のジュリエッタが、「エリザベスさま、そんなに心配なさらなくとも聖騎士さまは帰っていらっしゃいますよ」と少し笑ったほどだ。

そう言われて、気がつく。

クリスティアンは、エリザベスを自由にするために結婚を申し込んでくれた。つまり、彼は今も自分にはほかに恋しく思う男性がいると考えていて、エリザベスと真実の夫婦になるつもりはないのだ。

――わたしは、クリスティアンさまといられれば幸せだわ。だけど、クリスティアンさまは？　騎士としてではなくて、彼個人の幸せはどこにあるの？

ほんとうの家族を持てぬまま、子も持たず、妻とも寝室を別にして、彼はこの生活に満足なのだろうか。

もし。

優しい夫が、外で女性と過ごすことになったら、どうしたらいいのだろう。

今は毎日、決まった時間になればクリスティアンはエリザベスのもとへ――正しくはそもそも彼の居城である離宮へ帰ってきてくれる。だが、今の幸福が永遠に続くかどうかなど、誰にもわからないのだ。

――まして、わたしはほんとうの花嫁ですらないんですもの。

首のうしろが、ちりちりと痺(しび)れたような気がした。

ジュリエッタが紅茶のカップを片付けに下がったのを見計らい、エリザベスは結婚前に母からもらった閨事の指南書を取り出す。

実のところ、興味がなかったわけではないけれど、それを紐解(ひもと)くのは初めてだ。

母も、結婚前に祖母から同じようなものをもらったと言っていた。寝室での作法を学ぶための、母から娘への結婚の贈り物のひとつだったのだと。

「……わたしには、まだまだ不要なものかと思っていたけれど」

小さく深呼吸をし、エリザベスのためだけに製本されたタイトルのない書物に手をかけた。

抱擁とキスのその先にある、夫婦の営みがここに記されているのだ——と、緊張した矢先、居室の扉が廊下側から二度ノックされた。

「は、はい。どなた？」

エリザベスは慌てて書物を長椅子のクッションに隠すと、立ち上がってドレスの裾を払う。別にしわになってなどいないのだが、後ろめたさが手を動かしていた。

——ジュリエッタが戻ってきたのかしら。それとも、もしかしたらクリスティアンさまがもう帰ってこられたとか？

「エリザベス、オレだけど」

聞こえてきた声は、予想に反してそのどちらでもなかった。

「……ジョーイ？　ジョーイ・フェッセンデンじゃないの！」

幼なじみの声に、エリザベスは驚いて扉を開ける。

「久しぶり、王女サン」

長め黒髪を耳にかけ、少々軽薄なきらいのあるジョーイが、片手を上げて見せた。

「まあ、お久しぶりね。こちらに来てからは、なかなか会う機会がなかったから……」

すっかり忘れていた、とは言えない。

この幼なじみのおかげで、エリザベスは昨年、大聖堂で偶然にクリスティアンと出会うことができたのだ。そのかわり、ジョーイとは会えずじまいだった。

——あのときはジョーイの予定が変更になって、大聖堂には夜になってから訪れたと聞いていたわ。

以降、二度ほど手紙のやりとりをしたことはあったけれど、なかば勘当状態でエランゼのフェッセンデン家を出たジョーイとは、会うことはなかった。

「そんなことを言って、どうせ新婚生活が楽しくてオレのことなんて忘れていたんだろ？」

軽口を叩く、年上のジョーイ。

エリザベスは肩をすくめて、彼の言葉を流した。

「元気そうでほっとしたわ。今、侍女に応接間へ案内させるから、少し待ってくれる？」

「ああ、いや、気にしないでくれ。もっと早くに挨拶に来ようと思っていたんだが、つい忙しさにかまけて遅くなった。——今日は、幼なじみとしてではなく、騎士として伺いました」

背筋を正し、ジョーイはぴしりと敬礼する。彼がジョゼモルンの王立騎士団に所属していることは知っていたが、騎士としてここへ来るということは——

「ジョーイ・フェッセンデン、来週より聖騎士さまと奥さまの居城の警備、並びに外出時護衛として勤務することとなりました。若輩者にてご無礼もあるかと存じますが、何卒(なにとぞ)よろしくお願い申しあげます」

「まあ！」

今さらだが、ジョーイは王立騎士団の騎士だけが着用を許された騎士服を身に着けている。クリスティアンは聖騎士のため、色もデザインも異なるが、彼らは同じ騎士団の仲間なのだ。

「こちらこそよろしくね、ジョーイ」

「ってことで、堅苦しいのはこのくらいでな。エリザベス、ずいぶんすばらしい結婚をしたんだな。クリスティアンさまは、オレたちの間でも団長に負けないほど人望に篤い聖騎士さまだぜ」

「ええ、ほんとうにわたしにはもったいないような、すてきな旦那さまよ」

ジョーイには言っていなかったが、これは八年間想い続けた初恋の成就でもある。

――やはり、クリスティアンさまは騎士たちからも憧れられるのね。わたしが男性に生まれていたら、きっと同じく彼に憧れの気持ちを抱いたことでしょう。

「いい子の王女サンだから、国のためといって、どこぞの成金大国にでも嫁がされるんじゃないかと、幼なじみとしては少々気がかりだったんだが、クリスティアンさまなら幸せにしてくれる。それはもう、間違いない」

おめでとう、と言ってジョーイがエリザベスの頭をぐりぐり撫（な）でる。本来ならば、大国の王女である彼女に、そんなふうに接することは無礼にあたるのかもしれないが、ジョーイは兄のような存在だ。

聖職者の家系に生まれながら、彼はいささか魅力的な外見をしすぎていた。父から聞いたところによれば、ジョーイの父親も若いころはだいぶやんちゃだったそうだが、それに輪をかけて彼はしたい放題だった時期がある。

簡単に言えば、女遊びが激しかった。

年齢よりも上に見られがちな、大人びた外見だったこと。そして、幼いころに体が弱かったため、祖父のもとで育ったこと。たまに会う両親からは、甘やかされて育ったこと。それによって培った孤独感と、成長に伴い健康になった万能感により、ジョーイは若くして名うてのプレイボーイとなった。

そんな彼が、隣国で聖騎士を目指すと言い出したときは、ずいぶん驚いたものだ。

「ジョーイは、クリスティアンさまと面識があるの？」

「ま、一応あると言っておこう。ここだけの話だが、オレはあの人に憧れて騎士を目指したと言っても過言ではないくらいだ」

聞けば、新人騎士のジョーイは、クリスティアンの指揮する隊に所属しているという。とはいえ、直接話すことなどほとんどなく、こうしてエリザベスの護衛に来ることも、クリスティアンは知らないのではないかとのことだった。

——わたしも、ひと目見てクリスティアンさまに心惹かれたから、ジョーイの気持ちはわかるわ。憧れて、彼のようになりたいと、家を飛び出してまで隣国へ来る、その気持ちが……

立ち話をしているくらいなら、早めに侍女を呼んで応接間の準備をさせるべきだったかもしれない。いくら幼なじみだとはいえ、既婚者であるエリザベスが、自身の居室にジョーイを入れるわけにはいかないのだ。

ジョーイとて、そのくらいの分別はある。だから、ふたりは部屋の前で立ち話をする格好になっていた。

「リジー？」

そのとき、廊下の先から声がする。

呼び方でわかるとも言えるし、声でわかるとも言える。どちらにしても、エリザベスにとっては彼だけが特別だから、すぐにわかる、夫の帰宅だ。

「クリスティアンさま！　おかえりなさい、こちらは新しい護衛の――」

いつもなら、穏やかな微笑みを浮かべた白衣のクリスティアンがそこにいるはずだった。エリザベスにとっては、普段となんら変わらない日常だというのに、その日の彼は違っている。

「クリスティアン……さま……？」

「ああ、今帰りましたよ」

言葉こそ丁寧だが、彼の青い目はまるで冷たい氷のように、あるいは怜悧（れいり）な刃物のように、エリザベスを突き刺してくる。

表情は強張（こわば）り、声はどこか上ずって聞こえた。

「聖騎士どの、ご不在の間に奥方さまにご挨拶に伺わせていただきました。第二隊ハルベルト副長下にあります、ジョーイ・フェッセンデンです」

敬礼したジョーイが名乗ると、クリスティアンが無言で頷く。しかし、彼はまだ表情を崩すことなく、エリザベスを睨(にら)みつけている。

「あの……ジョーイとは、同じ国の出身なんです。両親が古くからの知り合いで、兄妹のように育って……」

なぜだろう。

何ひとつ後ろめたいことなどないというのに、声が震えるのを止められない。

エリザベスは、いつも多くの人間に守られて育った。だからこそ、彼女は恐怖というものをほとんど感じたことがない。幼いころ、暗がりを恐れたり、夜にひとりで眠るのを怖がった程度で、人的な恐怖にさらされたことがなかった。

——大好きなクリスティアンさまだというのに、どうしてこんなに恐ろしく感じてしまうの……？

自分の心臓の音が、体の内側ではなく外側から聞こえる。それほど、鼓動が激しい。

「そうでしたか。——ジョーイ、本日はもう下がってけっこう。彼女は俺が守る」

「はっ！」

一瞬だけ目を細め、次の瞬間、彼はひどく冷淡な声でジョーイに告げると、エリザベスの背に手をまわした。

「さあ、寝室へまいりましょう。廊下に長居しては、体が冷えますよ」

「は、はい……」

背後で扉が閉まる音。

同時に、エリザベスはぐいと体を抱き上げられた。

「クリスティアンさま……っ⁉」

紳士的で、穏やかで。

いつだって、彼女に笑いかけてくれた優しい夫が、唐突に荷物でも持ち上げるような手付きでエリザベスを抱き上げたのだ。驚くのも無理はない。

――何かあったのかしら？　それとも、わたしが何かをして、気分を害してしまったの？

美しい顔立ちに、鍛え抜かれた体のクリスティアンは、妻ひとりくらい軽々と抱えてしまう。

抱きかかえられたまま寝室へ連れていかれ、エリザベスは自分の非について考える時間もなく、寝台に下ろされた。

「――あの、何か……」

あったのですか？

そう尋ねようとした唇が言葉を紡ぎ終えるよりも早く、彼女の体は組み敷かれる。天蓋布とエリザベスの間に、クリスティアンの銀髪が揺れていた。

「ほしくなりました」

冷たい青の双眸が、彼女を寝台に押し止める。力で圧倒されているのではない。クリスティアンは、エリザベスを押し倒してはいるけれど、彼女の体を押さえつけるわけでもなかった。

ただ。

そのまなざしに貫かれて、エリザベスは身動きひとつできなくなる。

「ほしく……？　何を……」

「あなたがほしい、リジー」

大きな手が、エリザベスの髪をひと房つかみ、唇に押し当てる。毛先に感覚などありはしないのに、その所作ひとつで彼女は背筋がぞくりとするのを感じた。

──わたしが……ほしい……？

彼は、夫婦というかたちでそばにいながら、エリザベスを女性として求めることは一度もなかったはずだ。それどころか、想う男性のいるエリザベスに、自由にその相手を想っていていいとさえ言っていた。

無論、恋する相手こそがクリスティアンなのだから、エリザベスにとってはこの結婚が何よりの喜びである。

けれど、彼の言う「ほしい」とは、今のふたりの関係を壊す行為にほかならない。

妻として。

女性として。

クリスティアンは、エリザベスを求めてくれている。

「ぁ……わ、わたし……」

こんなことならば、母のくれた寝室作法の本を、前もって読んでおくべきだった。そうすれば、彼が何を求めているのか察することもできただろう。

「っっ……⁉　や、クリスティアンさま、何を……っ」

しかし、彼女が当惑していることを知った顔で、クリスティアンはひと息にドレスのリボンをほどいてしまう。それどころか、手袋をはずした指先が、乱暴にエリザベスを暴いていくではないか。

「何を？　俺は、あなたを抱くと言っているんですよ。わからないんですか、純粋で可憐なエリザベス」

敬語とは、丁寧さのほかに相手をからかうような意味があるのだと、そのとき初めて彼女は知った。

夫は、あからさまにエリザベスの無知を嘲笑(あざわら)っている。それに、普段は「私」と言う彼が、さっきから「俺」と口にするたび、妙な違和感があった。

——どうして、リジーと呼んでくださらないの？　ふたりだけの呼び方だと、おっしゃってくれたのに……

ドレスを乱され、コルセットを緩められてなお、エリザベスは夫の豹変の理由に気を取られていた。

そうしている間にも、乙女の柔肌が空気に触れる。愛らしい胸の膨らみが、薄衣一枚で覆われただけの状況になり、エリザベスはやっと両手で胸元を覆う。

「い、嫌です。やめてくださ……」

「なぜ？　あなたは、俺の妻だろう。俺に抱かれることを拒むなんて許さない」

そして、彼の言葉から敬語が消え落ちた。

同時に、大きな手がエリザベスの手首に触れる。さして力を入れたようにも見えないが、その手でつかまれるとエリザベスは逆らうこともできなかった。

両手首をまとめてつかまれ、頭上に腕を上げられる。胸が強調された格好に、ヒッと小さく喉が鳴った。

「だ、だって、そんな……」

愛されたいと願っていた。

誰よりも、この人に愛されたくて、この人のすべてを求めていたのは、エリザベスのほうだ。

だが、彼がしようとしていることは、ほんとうに夫婦の営みなのだろうか。

――こんな……恐ろしい表情でわたしを見下ろすクリスティアンさまは知らないわ。

「さて、俺はあなたを生娘だと信じていたんだが、これはどうしたことだろうな」

白い絹の下着越しに、エリザベスの胸元に視線を落とした彼が、唇を甘く歪ませる。

彼に見つめられる膨らみは、左右が先端をツンと屹立させていた。視線を感じると、エリザベスの体がいっそう反応を返す。

「何をされるか、怖い？　それとも、自分が感じていることさえ、無垢な王女さまはわからないのか」

「感じて……いるって、わ、わたしは……」

「ならば教えてやろう。女の体が感じているというのは、こういうことだ」

前触れなく、クリスティアンが形良い唇をエリザベスの左胸に押し当てた。やわらかく、あたたかい感触が布越しにも伝わってくる。こんなことをされるのは、生まれて初めてだった。

「ぁ、あ、クリスティアンさま……っ」

唇で布ごと食まれ、腰ががくがくと左右に振れる。

伏せた銀色の睫毛が、胸元でかすかに揺れるのが見えていた。それを見つめて、エリザベスは自分の体の内側に起こる感覚に、必死で心を凝らす。

――いったい、どうしてしまったの？　胸にくちづけられると、全身が震えるような気がする……

それどころか、彼に食まれた胸の頂が、痛いほどに敏感になっていく。

頭の天辺から、何かを引き抜かれていくような錯覚。これまで感じたことのない悦びに、心がわななく。

「ぁ、いや、どうして……」

どうして、こんなに気持ちがいいの――

行為の意味さえわからないというのに、エリザベスの体は夫を求めて甘く濡れていく。

ぢゅうっ、ときつく吸われた瞬間、彼女は高い声をあげていた。

「……ずいぶん、悦さそうだな」

顔を上げたクリスティアンが、唾液で濡れた左胸の先端を指でこりこりと擦る。押さえつけられた両腕が寝台に深く沈むのは、腰が跳ね上がったせいだ。

――胸だけではないわ。お腹の奥が、ひどく熱くなって……とても気持ちよくて、何も考えられなくなってしまう。

「これならもう、直接吸ってもかまわないだろう？」

「直接……？」

「そう。あなたの胸を、俺がこうして――」

かろうじて胸元を覆っていた白い下着に、クリスティアンが歯を立てる。あっと思ったときには、彼女の両の乳房があらわになっていた。

「ああ……っ、だ、駄目、見ないでくださ……」

「王女らしくもない、ずいぶんと感じやすい体だ。もうこんなに乳首を凝らせて、俺に舐められたいとねだっているのだからな」

「いや、いや……っ」

本心を見抜かれているからこそ、恥ずかしい。

事実、エリザベスは彼の唇の感触を、直に感じてみたいと願っていた。あの柔らかく甘い快感を、もっと味わいたい。そのためには、布越しではなく彼の唇で触れられたい、と。

「ああっ……ん！」

ちゅく、と小さく濡れた音がした。

輪郭をはっきりさせた先端に、彼が吸い付いたのだ。先ほどよりも深く、しっかりと咥えこまれた胸の先は、薄く色づいた乳暈ごとクリスティアンの口腔に捕らえられている。

「ひぅ……あ、あっ、やぁ……、気持ちい……っ」

王女らしくない、と彼は言った。まさにそのとおりだ。今の自分は、矜持も何も持ち合わせていない。

ただ、感じていたい。

彼の与えてくれる悦びに、身も心も流されてしまいたい。

――これが、夫婦になるということなの……？

薄く涙の膜が張った瞳で、エリザベスは夫を見つめる。

ちゅっちゅっと音を立てて快楽の突起をしゃぶる彼は、唇だけでは飽き足らず、先端に舌を

絡めてくる。

「や、腕……離して……くださ……」

震える声で懇願すると、彼がやっと両手を自由にしてくれた。安堵したのもつかの間、エリザベスが両手でクリスティアンの肩をつかんだ刹那、彼が体を起こす。

「え……きゃあっ」

抱きつきたかった体が遠ざかり、肩が寝台に沈んだ。クリスティアンは、膝立ちになりエリザベスの両脚を肩にかついでいるではないか。

いつの間に脱がされたのか、ドレスはすでに寝台の脇に落ちている。靴下止めがはずれ、絹の靴下が片方だけ足首まで脱げかけていた。

腰を高く上げられ、エリザベスはひどく不安定な姿勢で、両手の爪を敷布に食い込ませた。

「こっちも、もどかしかったよな。胸だけじゃ足りないって、腰を振っていたんだから」

「え……？　こっちって、そ、そんなところに顔を近づけるだなんて――あっ、ああっ、や、嘘……っ‼」

脚の付け根に、この世のものとは思えないほど美しい、クリスティアンの顔が埋められている。逃げようにも、両脚をつかまれ、エリザベスにできることは腰を揺らす程度だ。

――いけないわ、そんなところにお口を……！

びく、と体が硬直した。

柔肉に舌が這う感触が、彼女の全身を粟立(あわだ)たせる。

「ひ、ああっ……！」

胸を舐められるのとは、まったく違う。体中の神経を一箇所に集められるような、言葉では言い表せない佚楽(いつらく)が襲いかかってくる。

ぬちぬちと淫靡(いんび)な音を立て、クリスティアンの舌先が蠢(うごめ)いた。閉じ合わせた亀裂を、ゆっくりと舌が縦になぞる。そのたび、エリザベスの腰が意思と関係なく、大きく揺らいでしまう。

「ああ、やはり。もうこんなに濡らして」

舌がねっとりとエリザベスを舐(ねぶ)り、唇を押し当てられる。そこにキスされていると勘違いしそうな、その行為。

——嫌だ。どうしてそんなところにくちづけるの？　汚いのに、嫌なのに……どうしてわたしは、こんなに気持ちよくなってしまうの!?

嗚咽(おえつ)をこらえることができない。

初めて知る快楽に、エリザベスは泣きぬれている。嫌だ、と心は訴えるけれど、それは本心ではない。気持ちよくなってしまうのが恥ずかしくて、クリスティアンにそんなところを舐めさせるのが申し訳なくて、「嫌」なのだ。

そうでなければ、この行為は耐え難いほどに全身を打ち震わせ、悦びの先に何があるのかを知りたくてたまらない。

もっと、もっと、と体が叫ぶ。

恥ずかしい、やめて、と心が涙に濡れる。

唇は、意味をなさない嬌声を漏らすばかりで。

「どんどん溢れてくる。エリザベス、あなたは——」

「嫌……っ……」

脚を、必死にばたつかせる。濡れていることを指摘されたのが嫌なわけではない。気持ちいいことも、そうでないことも、彼にされるならなんだって受け入れられると思う。

では、何が嫌なのか。

「エリザベスなんて、呼ばないで……ください……。リジーって、そう呼ぶって決めてくださったのに……」

子どものようにしゃくり上げる自分を、クリスティアンはどんな目で見ているのだろう。哀れみか。それとも呆れているのか。

「……すみませんでした、リジー」

唐突に、彼女の両脚が寝台に下ろされた。

太腿から膝をきゅっと閉じ合わせ、エリザベスは両手で目を覆う。

「怖い思いをさせてしまいました。私は、夫失格ですね」

「そ、そんなことありませんっ」

「ですが、あなたを泣かせています。嫌がるあなたに無体なことをし、ひどく卑猥(ひわい)な行為をしようと――」

「だって、夫婦なんですもの。してはいけないことではないのでしょう？」

それまでの強引さを潜めたクリスティアンに、エリザベスは震える体のままで起き上がって抱きついた。

「……リジー？」

裸の胸が、彼の逞しい体に押しつけられている。こんな格好で、はしたない。わかっているのに、今はどうしても彼に触れていたかった。

「つ、冷たくされるのが怖かったのはあります。ですが、それがクリスティアンさまのほんとうのお心なら――構わないんです。どうされたって、いいんです。だってわたしは、あなたの妻なんですもの……」

優しく微笑んでくれるよりも、穏やかに見守ってくれるよりも、今日の彼が今までで一番近くに感じられた。

――クリスティアンさまは、わたしとほんとうの夫婦になろうとしてくださった。それなのに、こんなふうに泣いてしまうわたしがいけないのだわ。

乱暴な口調も、彼らしくない冷たいまなざしも、恐ろしくなかったと言えば嘘になる。だが、エリザベスとて知っているのだ。人間にはいくつもの貌(かお)がある。目に見えるものだけがすべてではなく、自分の知るクリスティアンが氷山の一角でしかない可能性は否定できない。

もしも。

彼が真実の姿を見せようとしてくれているのなら、それがどれほど普段のクリスティアンと違っていたとしても、エリザベスは受け入れたいと思った。

初めて好きになった人の、何もかもを知りたい。彼を好きになったのは、クリスティアンが優しいからだけではない。

——優しくないクリスティアンさまも、知りたいと願ってはいけないの……？

しかし、夫は困ったように微笑むばかりで、もう先ほどの激情は鳴りを潜めている。

「そんなことを言ってはいけませんよ。何をされても構わないだなんて、あなたのご両親が悲しみます」

「わ、わたしはもう国を出た身です！　王女ではなく、あなたの……クリスティアンさまの妻です……っ」

小さく頼りない肩が、言葉の継ぎ目で震えていた。クリスティアンの両腕が、宝物を守るようにそっとエリザベスの体を抱きしめてくれる。

それなのに。

先ほどの快楽を与えてくれた彼を思うと、エリザベスはこれだけでは物足りないと思ってしまう。

もっと激しく、求められたい。あの悦びを彼と一緒に極めたい。もっと触れて、もっと触れられて、彼だけのものになりたい――

「では、この先に進んでもいいのですか？」

「っっ……は、はい……」

首肯する彼女の背を、大きな手のひらが撫でてくれる。

「あなたには、想う方がいらっしゃるのでしょう？　それなのに、私と夫婦の行為をして、後悔されないとおっしゃるのですね？」

「そ……それは、あ、あの……」

想う相手こそが、クリスティアンなのだ。

そのことを伝えていいのか、エリザベスにはまだわからない。

「夫婦になったからには、クリスティアンさまのすべてを受け入れたいのです。いけないことでしょうか？」

好きです、と。

口に出したら、今までの自分が嘘だったと知られてしまう。彼と手紙のやり取りをしたくて、真実を語らないままにクリスティアンの時間を奪ってきた。王女たるもの、嘘をついてまで好きな男のもとに嫁ぐだなんて、あるまじき行為だとエリザベスは知っている。

「それに、急いで子をなす必要はないとおっしゃいましたが、急がないということはいずれわたしとそういう……夫婦のすることをなさるおつもりがあると、クリスティアンさまはお考えになってくださっているのではないのですか？」

精一杯の想いを、言葉に込めた。

自分には、あなたの子を産む覚悟があるのだと、伝えたかった。

「――あなたはまじめな女性です。そうおっしゃるのは、わからなくありません」

短いため息が、耳元で聞こえてきた。

――呆れられてしまったの？

不安に、背筋が凍りつく気がした。

だが、愛した相手でなくとも国が決めた相手となら、夫婦の行為をしなければいけない人生なのだ。幸いにして、エリザベスはずっと想い焦がれてきた相手と結婚できただけで、もしクリスティアンではない人のもとに嫁いでいれば、その誰かに抱かれることになったはずで――

「し、しないと、子を授からないのですよね……？」

小さな声で、そう問いかける。

彼は、おそらく今のところは子もいらないと考えているのだろう。だからこそ、急いで子作りしないと宣言したのだ。

だが、夫婦となったからには、子どもを産み育てることが求められるのは世の風潮である。

それが王族ならば、なおのこと。

「それでは、私の子を産むためだけに、あなたは私に抱かれてくださると？」

それだけではない。むしろ、エリザベスが彼を想っているから抱かれたい。

──その行為が、どういうものなのか、わたしはまだわかっていないけれど……

心と心を交わす行為なのだとしたら、クリスティアンをもっと知りたいと願うことは罪ではないはずだ。

「わたしを救ってくださったクリスティアンさまのために、何かひとつでいいからお役に立ちたいのです。ですから、どうか……」

再度、彼女の耳元でため息が聞こえてくる。

嫌われたくないのに、自分が未熟なせいでクリスティアンをうんざりさせているかもしれない。そう思ったとき、彼の手が移動した。

背から、エリザベスの鼠径部へ。

反射的に、体がびくっと強張る。

「いいですか、リジー。子をなすには、あなたのここに──」

脚の間に割り込んだ指が、亀裂をついっとなぞった。それだけではなく、割れ目の奥へと指が進み、ちゅく、と指先がめり込んでくる。

体の、内側に触れられているのだ。

「っっ……、ひ、ぅ……っ」

「わかりますか。ここに、私の子種を注ぐのですよ。それも、注ぐためには幾度もあなたの体を抉(えぐ)り、激しく突き、この奥で精を放つ必要があるのです」

「子種を……」

長い指が、ちゅぷちゅぷと音を立ててエリザベスの隘路(あいろ)を往復する。初めて触れられる粘膜が、怯(おび)えるように収斂(しゅうれん)していた。

「ええ、初めてのときはとても痛いのだそうです。まして、リジーはとても華奢(きゃしゃ)で小柄な女性でしょう。私のように大柄な男があなたを抱くとなっては、おそらく苦しい想いをさせることになります」

それでも、いいのですか――

言外にそう尋ねてくるクリスティアンに、エリザベスは何も言わず強く抱きついた。

「リジー？」

「いいのです。だって、わたしはあなたの妻なんですもの。すべて……クリスティアンさまが、教えてください」

愛してもらえるのなら、痛みに耐える覚悟はある。力強い彼の胸に顔を埋めていると、何も怖くないと思える。

「……では、明日から一緒に練習をいたしましょうか」

「し……します！　わたし、がんばりますっ‼」

顔を上げた彼女を、いつもの優しい瞳が見つめてくれている。もう、クリスティアンは怒っていないようだ。

——だけど、今日のクリスティアンさまはどうしてあんなにご気分を害していらしたのかしら？

鈍感な花嫁は、自分の気持ちを隠すことにばかり必死で、彼が何を考えているのかなど、まだ想像することもできずにいる。

「では、一緒に尽力させてください。私も、できるかぎりご協力させていただきましょう」

「ありがとうございます、クリスティアンさま……！」

涙の乾かない幼い笑顔で、エリザベスは愛しい夫に微笑みかけた。

翌朝。

エリザベスが、なんとなく気恥ずかしい気持ちで朝食堂へ顔を出すと、朝陽を受けた銀髪がきらりと輝く。

「おはようございます、リジー」

「お、おはようございます、クリスティアンさま」

ドレスの裾をちょんとつかみ、会釈をひとつ。

今朝は、胸がいっぱいで朝食が入りそうにない。

――今夜から、わたしたちは夫婦になるための練習をするのだわ！

昨日、急に押し倒されたことについて、自分の勉強不足をエリザベスは情けなく思っていた。なので、今日は日中の間に、母がくれた本を読んでみようと考えている。

「ところで、今日から指南係として私の遠縁のアレクサンドラが来ることになりました」

「……指南、係？」

女性の名に、エリザベスは小首をかしげた。

「はい。我々は夫婦となってまだ日が浅いですし、リジーはまだとても若くいらっしゃる。ですので、やはり早くに結婚したアレクサンドラに、あなたの相談役、そして指南役として来てもらえるよう、昨晩のうちに手紙を届けてもらいました」

――それはつまり、夜の行為についての相談や指南を……

勉強不足を見抜かれた気がして、エリザベスはかあっと頬を赤らめる。

「ほんとうは、すべて私がお教えすると申しあげたいところですが、女性同士のほうが話しやすいこともおありでしょう。アレクサンドラは、気さくな女性ですので。どうぞなんでも話してください」

「わかりました。ありがとうございます、クリスティアンさま」

「それと」

クリスティアンが、すっと人差し指を立ててこちらに向けた。

「これからは、どうぞ私のことはクリスと呼んでください」

「クリスさま……？」

「いいえ、クリスです。いつまでもその呼び方では、夫婦らしくありませんよ」

彼の本気が伝わってくる——ような気がして、エリザベスは大きく頷く。

かたちだけの夫婦でもいいと思っていたけれど、クリスティアンの気が変わったのなら、ぜひ彼と真実の夫婦になりたい。

「では、呼んでみてください」

「ク……クリス……さま」

「さまはいりませんよ？」

「でも、クリスティアンさまはわたしよりずっと年上で、尊敬する方で……」

彼女の言い分ももっともなのだが、クリスティアンは首を横に振った。

「その様子では、練習以前の問題かもしれませんね」

「呼べます、呼びます！」

反射的に大きな声を出したエリザベスに、夫が優しく微笑む。けれど、どうしてだろう。その笑顔の裏に、何かしら含みがあるように見えるのは。

「はい。あなたなら呼んでくださると信じています」

さあどうぞ、とばかりに彼が右手を上に向けて促す。

「っっ……クリス……っ！」

「よくできました。それでは、朝食にしましょう」

予想どおり、その日の朝は食べ物がなかなか喉を通らなかった。けれど、昨晩の行為だけが理由ではなく、朝から極上の笑顔を向けてくる上機嫌の旦那さまが一因だということを、きっと彼は知らない。

◆◆◆

実を言えば、クリスティアンはジョーイ・フェッセンデンのことを以前から知っていた。

エリザベスと個人的に知り合った日、ほんとうは彼女がジョーイと会うつもりだったということも、聞き及んでいたからだ。

それ以外にも、彼女の手紙からは「好きになってはいけないのに、どうしても恋してしまった」相手なる男性のことが伝わってきて、それが自分だと確信する反面、もしやほかの誰かなのかもしれないと、エリザベスの周囲の男性を調べた経緯がある。

ジョーイ・フェッセンデンは、クリスティアンに憧れてジョゼモルンの王立騎士団に入団した新人騎士だった。

彼の祖父はエランゼ王国の大司祭で、ジョゼモルンへも教会の行事で顔を出すことがあり、聖職者の資格も持つクリスティアンは大司祭とも顔見知りだ。

ジョーイの父も同じく聖職者で、エリザベスの父であり現在のエランゼ国王の親友ということもあって、彼女とジョーイが幼いころから親しく育ったことも調べにより判明していた。

その時点で、エリザベスの想い人がジョーイの可能性も検討したのである。

だが。

彼女の手紙には、まっすぐにクリスティアンを想う気持ちがあふれていた。他人の感情に敏感なクリスティアンは、それまでも女性から好意を向けられることはあった。何しろ、彼は類稀(たぐいまれ)なる美貌の持ち主なのだ。そのうえ、妾(めかけ)の子とはいえ国王陛下の息子でもある。

社交界に顔を出さないクリスティアンだというのに、言い寄ってくる女性は後を絶たなかった。

だから、エリザベスが自分を想っていることは間違いないと確信した。そして、いまや彼女はクリスティアンの妻である。

最初は、ただの好奇心で彼女に近づいた。

一国の王女ともあろう女性が、あれほどまでに自分に好意を寄せてくれている。そのことに自尊心をくすぐられなかったとは言わない。

けれど、次第に彼はエリザベスの純粋さや、疑うことを知らない素直さ、そして嘘をつくことに罪悪感を覚えながら、それでもクリスティアンとつながっていたいと思っているらしい心の強さと儚さに魅せられていった。

そういった理由があったからこそ、彼はエリザベスに求婚したのだ。

普段ならば、近寄りたくもない中央宮殿へ行き、顔を合わせたくもない兄王子たちに礼儀を払い、憎しみに近い感情を持っている父に意思を伝えた。

そうまでして手に入れた妻は、結婚してなお、クリスティアンに想いを伝えてはくれない。

——彼女がいてくれたら、何かが変わる気がしていたけれど。

実際、何かは変わってきている。それがまだ、目に見えていないだけだ。そう思う気持ちもあるものの、次第に愛しさが増していく日々のなか、クリスティアンは自身の劣情を持て余している。

恋と呼ぶには打算的すぎて、けれど欲望と呼ぶには彼女は尊すぎて。

いっそ、エリザベスを抱いてしまえばと思ったことも、一度や二度ではなかった。

昨日。

帰宅した彼の目に、ジョーイの姿が映った瞬間。

クリスティアンの心を、嫉妬の炎が焼き焦がした。

彼女を誰にもわたしたくない。彼女は自分だけの妻であるべきだ。ほかの男性に笑いかけたりさせない。すべてを奪って、その羽をもいで、閉じ込めてしまいたい――

そんな、昏い欲望が暴走した。

嫌だと言いながらも感じるのをこらえられないエリザベスは、想像した以上に美しかった。あのまま、彼女を抱いてしまいたいと心の底から願っていたけれど、クリスティアンは理性でこらえることができた。

自分の抱いた欲望が、かつて父が母に向けたものと同類なのでは――そう思ったのだ。

――エリザベスは、俺を受け入れようとしてくれている。

拒むだけではなかった。彼女は、彼女なりに知らない行為に耐えようとしていたのだ。

いったんは、やはり彼女の想う相手というのはジョーイなのでは、と疑ったものの、クリスティアンは考えを改めた。

心清らかなエリザベス。

彼女を穢していいのは、この世で自分だけだ。そう思うからこそ、彼女を苦しめないよう尽力しようと心に決めた。

細く折れそうな体を強く抱きしめ、今すぐに劣情を突き立てることは難しくないだろう。優しい彼女は、自分がどんな無体を働いても、最終的に受け入れるのが目に見えている。

だが。

受け入れてもらうだけでは、もう物足りない。

ここまでこらえたからには、エリザベスにも求めてほしい。

あの純粋な王女が、自分を欲してせつなさに腰を揺らす姿が見たい。女の貌をしてクリスティアンを待ち望むところを見たい。

何よりも、彼女がその心に秘めたほんとうの恋心を、愛らしい唇で紡いでくれるのを聞きたかった。

「……さて、レクシーがいい働きをしてくれることを祈るか」

アレクサンドラ、通称レクシー。

王族のなかで、唯一クリスティアンを蔑むことなく接してくれた、男泣かせの美女。

彼女は、一族から後ろ指をさされるほどに、妖艶な女性だった。若いころからその名は社交界にとどろき、多くの男性と浮名を流し、最終的に国内でも有力な貴族の令息と結婚した。

レクシーの結婚式では、幾人もの男性が悔し涙をこらえたと伝説になるほどである。その真偽までは知らないが、レクシーを指南役に送り込めば、愛しいエリザベスも何かを考えるに違いない。

——俺のために、誘惑のひとつも覚えてごらん、リジー。

頬を赤らめ、目を伏せる。それだけの所作で、エリザベスはクリスティアンの欲望を刺激する。けれど、その先に踏み出してもらわなくては困る。

彼女が、自分からクリスティアンを誘おうとしてほしいのだ。

愛情をもっと強く自覚し、その心を打ち明けてくれる。そんな日を、クリスティアンは待っている。

――俺の忍耐と、リジーの告白とどちらが先になるか。できることなら、暴走するより前に、想いを告げておくれ、リジー。

まだ十七歳の花嫁に、心から求められたいだなんて、クリスティアンは自分がいかに高望みをしているのかわかっている。

けれど。

それほどの愛情を求めてしまう、自分の歪みを知ってなお、エリザベスに愛されていたい。見た目だけではなく、すべてを愛されたい。そして、すべてを愛したい。

とうに心は彼女に奪われながら、クリスティアンもまた、儚い抵抗を繰り返している。

これ以上、彼女に夢中になるものか、と――

◆　◆　◆

さすがはクリスティアンの血縁と言うべきか、アレクサンドラは豪奢(ごうしゃ)な黒髪の美女だった。どこを見ているのか、思わずその視線の先を探してしまう、妖艶なまなざしの持ち主で、女性のエリザベスから見ても、つい見とれてしまうほどである。

「はじめまして、エランゼの王女さま。――まあ、なんて愛らしいお嬢さんなのかしら。あの、クリスティアンの奥さまがこんなにかわいらしい方だなんて、話には聞いておりましたけれども、わたくし驚いてしまいましたわ」

その言い方から、おそらくアレクサンドラはふたりの結婚式には参加しなかったのだろう。

「お初にお目にかかります、アレクサンドラさま。クリスティアンさまから、いろいろと学ばせていただくよう言われております。どうぞ、ご教示くださいませ」

「まあ！」

丁重に会釈したエリザベスに、アレクサンドラが目を丸くした。彼女にすれば、一国の――それも大国の王女から、これほど丁寧に礼を尽くされるとは考えてもいなかったらしい。

――それにしても、ほんとうに魅惑的な女性だわ。たしか、お歳はわたしより五歳か六歳上と聞いていたのだけど……

くっきりと目尻の上がった、大人びた顔立ち。豊富な黒髪も艶やかに、アレクサンドラは立っているだけで絵になる女性である。

「どうぞわたくしのことはレクシーとお呼びくださいな。嫁いだ身ゆえ、王族でもありませんの。それに、おふたりの結婚式にも参列できずにいましたので、こうしてお会いできてとても光栄ですわ」

アレクサンドラ――レクシーの語ったことによれば、結婚式の数日前から彼女の二歳の息子が麻疹に罹患していたため、参列は見送ったのだという。

「レクシー、お子さんがいらっしゃるのですか？」

今度は、驚いたのはエリザベスのほうだった。なにせ、妖艶な美女というものは生活感を感じさせない。目の前に立っていながらも、レクシーはどこか浮世離れしている。いや、昼の日差しは彼女とそぐわないというべきか、夜に開く大輪の花のような彼女が、母親だとは考えもしなかった。

「ええ、こう見えてもふたりの子どもがおりますの。ですので、閨の作法については、王女さまより少々詳しいかと存じます」

ふふ、と艶冶な笑みをこぼし、彼女が黒髪を揺らした。

女性として、妻として。

そして、母としても先輩であるレクシーと出会わせてくれたクリスティアンに、エリザベスは感謝の気持ちでいっぱいになった。

彼が、レクシーを自分の指南役としてくれたのは間違いない。

――クリスは、わたしに足りないものを備えているレクシーこそが、ぴったりの指南役だと考えてくださったのね。

普通ならば、レクシーのような女性を夫から紹介されることを、多くの女性は喜ばないものだ。けれど、エリザベスは純粋培養されたゆえの素直さで、妖艶な指南役をすんなりと受け入れた。それどころか、感謝で胸をいっぱいにしている。

「ほんとうに、かわいらしい方」

レクシーがもう一度そう言って、目を細めた。

そんなレクシーが、エリザベスに語った極意のひとつを、今夜、花嫁は実践しようとしている。入浴を終えたのち、準備も万全に寝室を抜け出した。

レクシーの教えは、「愛されたいなら、自分がされて気持ち良いと感じたことを先に仕掛けてごらんなさい」というものだ。

考えてみれば、エリザベスはいつも受け身だった。クリスティアンと知り合えたのはただの偶然だったし、手紙を書いてもいいと言ってくれたのはクリスティアンのほうだった。

その後、求婚してくれたのも、偽りの夫婦のままではなくもっと親しい存在になろうとしてくれたのも、すべてクリスティアンだ。

――レクシーの言うとおりだわ。わたしのほうから、クリスティアンさまに――いいえ、クリスに何かをしようとしたことは、あまりなかったもの。

エリザベスが、今宵（こよい）用意したもの。それは、柔らかな薄衣のナイトドレスと、レースのガウン。これらはすでに着用している。

それから、レクシーが「夫婦の営みには、甘い果実酒も雰囲気を盛り上げますわ」と言っていたので、ジュリエッタに選んでもらった果実酒のボトルとグラスを、ワゴンに乗せて。

あとは、エリザベスの勇気が何より重要となる。

――急がないと。そろそろクリスが浴室からお部屋へ戻るころかもしれないわ。

彼が部屋を空けている間に、エリザベスは本日初めて聞いた「夜這い」なるものの準備を整えねばならないのだ。

レクシーによれば、それは相手が寝台で眠っているときに仕掛けても良いとのことだったけれど、聖騎士のクリスティアン相手に気配を殺して近づいたとしても、きっと途中で気づかれてしまう。

率直にそう言ったエリザベスを前に、指南役は少々面食らった様子で微笑んだ。

「王女さまってとても純粋でいらっしゃるのね。普通、そういう状況なら、男性は当然喜んであなたを迎えると思うけれど――」

そんなに心配だったら、クリスティアンが寝台に入る前に、上掛けをかぶって待ち構えていたらどう、と彼女が教えてくれたのである。

かくして、エリザベスは先回りをしてクリスティアンの寝台に潜り込むため、夜の廊下をワゴンを押して急いでいた。

ワゴンは、部屋の片隅に目立たぬように置くことにして、エリザベスは寝台で息を潜めている。

――そろそろ、クリスが戻ってくるかしら。まだかしら。まだ……かしら………

味見しておかねば、とまじめなエリザベスが、果実酒をひと口飲んだのが悪かったのだろうか。寝台に入って十分と経(た)たずに、瞼(まぶた)が重くなってくる。

――いけないわ、眠ってしまったら夜這いではなくなってしまうもの。

クリスティアンとしても、新妻が自分の寝台で勝手に寝ていたら驚くことはあるだろうが、それを見て「夜這いか」とは思わないだろう。

うとうと、うとうと。

エリザベスは睡魔と戦う。重い瞼は、彼女の長い金色の睫毛を震わせる。

頬の内側を噛(か)んだり、手を強く握りしめたりして、懸命に起きていようとしたものの、エリザベスはついに睡魔に屈してしまった。

それから、五分。

「……これは、どういうことだ」

寝室に戻ったクリスティアンは、すぐに寝台の異様な膨らみに気づいて、上掛けをめくる。

果たしてそこには――

第三章　愛らしい花嫁の精一杯の夜這い

久方ぶりに、その夢を見た。

クリスティアンに、一方的な想いを寄せていたころ、エリザベスがよく見た彼の夢だ。

『エリザベス王女、よろしければ私と踊ってくださいませんか？』

夢のなかの彼はまだ夫ではなく、エリザベスも彼の妻ではなかった。

だが、あのころと違うのは、夢に聞くクリスティアンの声も、彼本人の声に聞こえること。

――そう。かつてのわたしは、クリスティアンさまのお声も知らないまま、夢で逢瀬(おうせ)を重ねていたのですもの。

彼の手をとり、どことも知れぬ大広間で、ふたりはワルツを踊る。実際に、結婚式で踊ったときには、ステップを間違わないか緊張しどおしだったけれど、夢のなかの自分はそんなことに気を取られることはない。

彼を見つめて、天にも昇る心地でワルツのリズムを刻んでいく。

なんて、幸せなのだろう。

──クリスティアンさま、大好きです。ずっとあなたに憧れていました……

唐突に、腰のあたりが重くなる。細いつま先の靴が脱げて、エリザベスは床に倒れ込んだ。つないでいたクリスティアンの手の感触が失われる。恥ずかしいとも、痛いとも感じなかった。ただ、寂しかった。

「──怖がらなくていい。これは夢だ」

知らぬ間に、明かりの消えた大広間で、エリザベスは夫の声を聞いた気がする。

「……ほんとうに？」

「俺は、リジーに嘘をつかない。たとえきみが、俺に真実を告げていなかったとしてもね」

どくん、と心臓が大きく跳ねた。

夢のなかだというのに、エリザベスの視界は真っ暗だ。目を開けようとしても開かず、手を伸ばせば大きな手が握り返してくれる。

──いつもの夢のはずなのに、どこか違うわ。

たしかに、クリスティアンの夢は何十回も見てきた。そのたび、少しずつ違っていたり、同じように感じたりすることはある。

けれど。

今夜の夢は、それまでと大きく異なっているのだ。

優しく抱きしめてくれる腕が、これまでに比べて現実のぬくもりを感じさせる。首筋には彼の吐息がかかり、肌に触れた唇はしっとりと柔らかい。

――肌に、唇が……触れているの⁉

考えてみれば、かつて彼にあこがれていたころのエリザベスは、異性と密着したことなどなかった。父か弟なら、幼いころには抱きついたこともあったけれど、それも彼女が淑女として扱われるようになってからはご無沙汰だ。

もしかしたら、と思う。

先日、クリスティアンがエリザベスの肌を強引に暴こうとしたときの感触が、自分の体に強く刻まれているのではないだろうか。彼の指、彼の唇、彼の吐息。そのすべてを、エリザベスの体が覚えていて、新しい夢を作り出した。

――ああ、こんな淫らな夢を見てしまうだなんて、わたしはどうなってしまったの？

いけないことだと知りながら、夢のなかでエリザベスはその先を知りたくてたまらなくなっている。

優しい指先が、胸の膨らみをなぞっていく。そのまろやかな輪郭をたどり、裾野から乳房を持ち上げ、中心の感じやすい部分を指腹であやす。

「……ん、ぁ……っ……」

甘い声が漏れるのが、自分でもわかった。

もっと触れてほしい。彼の指が、何を求めているのか知りたい。

「リジー、気持ちいいかい？」

暗闇に、彼の声だけが聞こえてくる。天井の高い広間にいたはずなのに、今ではクリスティアンの声は耳元で囁（ささや）くばかりだ。反響は消え、親密さを感じさせる吐息混じりの声が心を震わせる。

――いいの、とても気持ちいいの、クリス……！

王女は目を閉じたまま、小さく首肯する。すると、急に胸元が自由になった気がした。わずかに涼しい夜気のようなものを感じ、エリザベスは身を固くする。

「怖がらなくていいよ。今夜は優しくする。あのときのように、あなたを怯えさせはしない。せっかくリジーが――」

自分から、俺の寝台へ来てくれたのだからね――

そんな声が聞こえたのは、なぜだろう。

夢のなかまでも、現実が侵食してくる。今夜、エリザベスは夫の寝室に夜這いをかけるつもりでいたのだ。それが、気づけば甘く淫らな夢に翻弄されているだなんて。

ちゅ、ちゅっ、と胸の膨らみにくちづけが落とされる。敏感な部分を避けたクリスティアンの唇が、ひどくもどかしい。けれど、自分からどこにくちづけてほしいかを伝えることもできず、彼女はキスの雨に濡れながらピクン、と体を揺らす。

「白い肌だ。吸い付いたら、すぐに痕がついてしまいそうだな」

――吸い付く？　わたしの肌に……、わたしの胸に、クリスが……？

「それに、まだ触れてもいないのに胸の先が凝ってきている。やはり、感じやすいらしい」

ふう、と吐息が胸を撫でた。彼の愛撫（あいぶ）を待ち望む頂には、かすかな刺激さえ鋭敏に感じ取れる。

「ぁ、ああ……っ……」

「ここがいい？」

二度、三度と彼女は首を縦に振る。

「こうして――」

即座に、濡れた何かが突き出した先端をなぞった。

「あ、あっ……」

夢なのだから当然かもしれないが、エリザベスがほしいと思ったところに、悦びが与えられる。ちろちろと蠢（うごめ）く何かが、彼の舌なのだと思い当たったのは、少しあと。

「クリス……、クリスティアンさま、気持ちいぃ……、んっ、ん、ああ……ん！」

硬い床に倒れ込んだと思っていたけれど、彼女の背は弾力性のあるあたたかなものに預けられている。たとえば寝台のような何かだ。

寝台（しんだい）？

ふいに、意識が現実へと引き戻される。

目を閉じる前、自分はどこにいたのだろうか。そう、クリスティアンの寝室に忍び込み、彼の寝台にこっそりと――

「ま、待って、待ってください、クリスティアンさま……っ」

「クリスと呼んでと言ったはずだ。それとも、夢のなかの俺は、いつまでもあなたの理想の聖騎士クリスティアンのままなのか」

くくっと笑う声が、低く耳に残る。

目を開けようとしても、瞼が何かに遮られていた。感覚を研ぎ澄ませてみれば、目の周りに何かがある。それは仮面のような、あるいは目隠しのような。

――夢でしょう？　これは、夢だと思っていたのに、もしや……

夢現（ゆめうつつ）の希薄な身体感覚は、いつしか熱を伴う現実にすり替わっていた。

夢であってほしいと願いながら、エリザベスはこの感覚が現実だと思い始めている。

「ぁ、あっ……、駄目、駄目です……」

ぴちゃぴちゃと、濡れた舌が乳首を捏（こ）ねる。甘い刺激に腰が浮くのがわかった。

「駄目なことはない。俺はリジーの夫なんだろう？」

――それはそうだけれど、だからってこんな……

夜這いをしかけておいて、今さら彼がその気になったところで拒むのもおかしな話かもしれない。だが、視界を奪われて、どこに何をされるかもわからぬままで愛されるのは、初めてのエリザベスに不安を与えるばかりだ。

とはいえ、彼女にはこれが現実だと確信するだけの理由もない。詳細な感覚のある夢という可能性も残されていた。

夢ならば、堂々とクリスティアンを求めても許されるかもしれない。

しかし、現実ならばおかしな振る舞いをして、彼を失望させるのは怖い。

「すごいな。胸をいじっただけで、体が熱くなってきた。肌がしっとり汗ばんで、甘い香りがする……」

細い首に、ねっとりと舌が躍る。舐めあげられる奇妙な感覚が、エリザベスの体を大きく震わせた。

「んっ……く……」

「俺のために、夜這いをしてくれたかわいらしい花嫁。何も怖がらなくていい。これは夢だ。朝になれば、きっと何もかも忘れられる」

――ほんとうに……？

エリザベスが、まだ戸惑いに心揺れていると、クリスティアンの体が離れていく。もう終わりなのかもしれない。夢であろうと現実であろうと、このあたりが限界だ。

ましてや、夢だった場合には、この先にどんな行為が待っているのかを、エリザベスは詳しく知らないのだから。

そんなことを考えていた彼女の両脚が、ぐいと左右に割られた。

「っっ……、あ、何を……」

「慣れないうちは、達するのも苦労するだろう。今夜は、リジーを少しでも悦くしてやりたい」

ふ、と鼻先に甘い香りがかすめた。果実酒だと気づいたのは、エリザベス自身がワゴンを押して運んできた瓶がこの寝室に置いてあるからだった。

開かれた脚の間に、彼の指先が触れる。柔らかな内腿を押さえるように手が添えられ、エリザベスは息を呑んだ。

秘めた部分が蜜で濡れている。そこに触れられてしまうのだろうか。それとも――

唇の熱と、冷たい液体の感覚が、彼女の無垢な蜜口に同時に感じられた。

「ひ……っ……!? あ、あ、嫌……っ」

小さな蜜口に舌先が触れ、すぐさま唇が亀裂の上部へ移動していく。くちづけられた部分が、エリザベスからあふれたものとは異なる液体で濡れていた。

それは、ひんやりとしているのに、空気に触れると発熱するような感覚を残す。

ジンジンと、クリスティアンの唇がたどった箇所が痺れる。表面をひりつかせる、初めての感覚。

「ああっ……、あ、あう……っ」

そして。

ぽちりとつぶらな突起を、彼の唇がとらえた瞬間、それまでとは比べ物にならないほどの激しい刺激がエリザベスに襲いかかった。

——いや！　これはなんなの？　怖い……っ‼

唇で甘噛みされる花芽が、彼の舌に触れるとひりつくように疼くのだ。唾液とは違う、冷たい液体。それが果実酒だと気づいたのは、全身に痺れが伝わったあとで。

「ぁ、あ、いや、いや……、ひりひりして、ジンジンして、き、気持ちよくて、おかしくなってしまいます……っ」

エリザベスの脚の間に、クリスティアンが何度も唇を寄せる。花芽に、柔肉に、亀裂の内側に、そして蜜口に。

そのたび、執拗に果実酒を塗りたくられ、か弱い部分が痛みとも痒みとも判別できない、ひどく淫靡な刺激に支配される。

腰の奥に、それまで感じたことのないもどかしさを覚え、エリザベスは背をしならせた。まるで機を見計らっていたかのように、秘めたところに熱いくちづけが与えられた。

「っっ……ぁ、ゃぁ……っ……」

蜜口に、舌がじゅぷ、と音を立ててねじ込まれる。それほど質量のあるものではないのに、体の自由を内側から奪われたようで、エリザベスは四肢をこわばらせた。

――そんなところに、くちづけないで……！

だが、ことはそれだけでは済まなかった。

舌が蠢くのにあわせて、彼女の隘路に冷たい果実酒が送り込まれてくるのだ。気づいたときには、もう遅い。エリザベスは、狭隘（きょうあい）な蜜路までも酒を塗り込められていく。

「う、ああ、あ、いやぁ……っ……」

体が火照り、腰から脳天へ快楽の糸が張り詰められる。いまや、細い腰を自ら揺らし、エリザベスははしたない格好で刺激から逃れようとするだけだ。

「ふ、たまらないな。どうだ、粘膜から味わう酒は」

――そんな、嘘だわ。

ひと口ふた口、嗜（たしな）む程度にしか果実酒を飲んだことのないエリザベスである。口から摂取しても、胃があたたかくなるその液体を、蜜口から飲まされただなんて、どうなってしまうというのか。

感じやすい部分から、クリスティアンの唇はすでに離れている。内腿を押さえていた手も、もう遠ざかった。

それなのに、エリザベスはひとり残された自分という快感の器官を持て余していた。

「っ……、ぁ、は……っ……ああ……」

触れられてもいない体が、果実酒のせいかびくびくと震えるのを止められない。敷布にきつ

く爪を立てても、腰のうねりをこらえることが難しいのだ。

「ずいぶん愛らしいダンスを披露してくれる。リジー、どうした、つらいか?」

「は……はい、わたし……どうして……」

口移しで注がれた果実酒が、蜜口からとろりとあふれていく。だが、それはほんとうに果実酒なのだろうか。エリザベスの蜜が、多分に混ざっているのではないだろうか。

「クリス……、クリス、クリス……っ」

唇が、必死に彼の名を紡ぐ。

全身が心臓にでもなってしまったかのように、いたるところから脈動が聞こえてくる。

「どうしてほしい?」

「わ、わたし……、あなたに……」

夢でも、現実でもかまわない。

エリザベスは、理性の箍(たが)を打ち壊されて、本能のままに夫の声がするほうに手を伸ばした。

「クリスに抱きしめていただきたいんです……。このままでは、自分がばらばらになってしまいそうで……」

「——ああ、望むままに」

ぐいと体が引き寄せられる。力強い腕が背をかき抱き、厚い胸板に頬が触れた。

その胸にしがみついて、エリザベスはなおも腰を揺らしてしまう。体の内側で湧き上がるはしたない炎の揺らぎが、彼女の体を震わせていた。

「クリス……、怖い、こんな……」

「抱きしめるだけでは足りないんじゃないか」

「っ……、そ、れは……」

彼の衣服に胸の先がこすれ、わずかな佚楽にも神経が過敏になっていく。

先刻のように、しゃぶられたい。舐(ねぶ)られたい。吸われ、食まれ、愛されていたい。

「リジー、これは夢だ。今なら、あなたは俺にされたいことを、なんだって自由に口に出してかまわない。きっと、神さまもお目溢(めこぼ)ししてくれる」

「ほんとうに……？」

「ああ、ほんとうだ。どうされたいか、素直に言ってごらん」

もじもじと腰をくねらせ、エリザベスは暗闇のなかで夫の胸に顔を埋める。

――わたしは、あなたに……

「あなたに、もっと触れられたいんです……」

「触れるだけ？」

「触れて、舐めて、吸って……」

「ああ、してやる。ここか？」

両肩を寝台に押しつけられ、胸の先にあたたかなくちづけが落ちてくる。

「ぁ、あっ……、そこ、気持ちい……っ……」

声を我慢するなんて、もうできそうになかった。上擦る嬌声が、自分の声だと思えないほどに甘く濡れている。

「クリス……、気持ちいいです、嫌、やめないで……」

彼の唇が離れるのを感じて、エリザベスが懇願する。

「やめはしない。ただ、胸だけでは寂しいだろうと思ってな」

一度、体を起こしたらしいクリスティアンが、鼠径部を手のひらで撫でた。

「ひぅ……っ‼」

「こっちもいいだろう?」

円を描くようになぞったあと、大きな手が脚の付け根に差し入れられる。彼の指を濡らす蜜に、今さらな羞恥を覚えた。

「そこ……、ぬ、濡れてしまうので……」

だが、触れられたい度合いで言うならば、胸よりも蜜のあふれるそちらこそがもどかしい。

「リジー、ここを濡らしているのは、あなたが立派に妻として俺を受け入れようとしている証だ。恥ずかしがることはない。それに、俺は嬉しいんだ」

「嬉しい……?」

「そうだよ。俺に感じてくれているのが、顕著にわかるからな。期待、恥じらい、戸惑い、それから希求。そのすべてが、蜜となってリジーを濡らしている。なんてかわいらしいんだ」

いやらしい、はしたない、と思われるのが怖かったエリザベスを、クリスティアンが静かに諭す。

口調こそ、普段とは違っていても、彼は彼なのだと強く感じた。

――どんなクリスも、わたしが恋した人なんですもの。

「もっと脚を開いてごらん。ああ、そうだよ。よくできた。えらいな」

また胸に唇が舞い戻り、同時に亀裂を指がなぞりはじめる。あふれる蜜が、くちゅくちゅと音を立てるせいで、エリザベスは必死に腰をよじって逃げようとした。

――恥ずかしいことではないと言われても、やはり恥ずかしくていたたまれないわ。クリスに、どう思われてしまうか心配になってしまう。

「リジー」

「んっ……は、はい」

「逃げると、もっといやらしいことをされる羽目になる。そうしてほしいなら、いくらでも腰を引いていいぞ」

もっといやらしいことだなんて、今ですらエリザベスにとってはこのうえなく恥ずかしい行為だというのに。

「おとなしくしていれば、もっと悦くしてやる」

「……っ、ん、クリス、あっ……」

そして。

胸と秘所を同時に愛でられ、花嫁は寝台に白い体をくねらせる。

幾度も追い立てられ、息が上がる。のどが渇く。体の熱は収まらない。

「ぁ、やぁ……っ……ん！」

エリザベスが意識を手放したのは、クリスティアンの美しい指が蜜でふやけてしまうころだった。

しかし、彼女はその事実を知らない。これが夢か現実かを、確かめる術さえ持たずに、エリザベスは快楽のゆりかごであやされていたのだ。

◆　◆　◆

「おはようございます、リジー。今朝はとても天気が良いですよ」

白い騎士服に身を包み、青空よりもまだ青い瞳のクリスティアンが、朝食堂で声をかけてくれる。

「お、おはようございます」

いつもどおりに挨拶をしようと思うのに、エリザベスの声には躊躇が表れていた。

昨晩。

夫を誘惑せんと、夜這いの計画を立てたはずだったのだが、淫らな夢を見て目覚めると、そこはいつもの自分の寝室だった。ナイトドレスをきっちり着た格好で、エリザベスは自分専用の寝室の寝台に寝ていたのである。

——あれは、ただの夢だったのかしら……？

起床時には、クリスティアンが自分を運んでくれたのかもしれないと思ったものの、こうして顔を合わせると、彼は朝の日差しを浴びて優しく微笑んでいる。その笑顔に、裏があるとは考えられそうにない。

たしかに、昨晩のクリスティアンは口調も、普段とは違っていた。ジョーイといるところを目撃された日に、ただ一度だけエリザベスに見せた激情。

「リジー、どうかされましたか？　今朝は少々、顔色が優れませんね」

「少し睡眠不足みたいです。心配をおかけして、ごめんなさい」

こうして話していても、ふたりの間にあんなことがあっただなんて、到底思えなくなる。

間違いない。あれは夢だったのだ。

——あんな夢を見てしまうだなんて、わたしは欲求不満なのかもしれないわ。

だが、もし夢だったとしたら、どこからが夢なのか。エリザベスは、夜這いに出向いたはずだった。それすらも、彼女の記憶違いに思えてくる。

「そうでしたか。今日は、どうぞゆっくり過ごしてください」

「ありがとうございます。そうさせていただきます」

「ああ、疲労がたまっているときは甘い果実がいいんですよ。ハンナ、たしかイチゴがあると言っていたね。妻に出してあげてくれるかい」

エリザベスを心配してくれる夫は、侍女に頼んで果物を手配した。実のところ、昨晩の夢の名残なのか、まだ体にだるさが残っている。食欲はあまりなかったので、果実のほうが食べやすい。

そう思うと同時に、夢のなかで味わった果実酒の香りが、エリザベスの脳裏によみがえってきた。味わったといっても、口からの摂取ではなかった。あんなにも鮮やかな香りと快楽が伴う夢を見たのは、初めてのことである。

――ほんとうに、夢……？

「おまたせいたしました、エリザベスさま」

「……ありがとう」

朝食堂のテーブルに、イチゴを盛った銀盆が運ばれてきた。

朝露で濡れたように見える、宝石のような果実。そういえば、エリザベスの両親はイチゴを好んでいた。母の生まれた国が、果実の栽培を得意としていたのも理由だったのだろう。

「あまり体調のよろしくないときに申しあげるのは気が引けるのですが」

スープのスプーンを置いて、クリスティアンがこちらに向き直る。

「十日後に、中央宮殿で二番目の兄の誕生日を祝う宴があります。同行していただいてもいいでしょうか？」

「ええ、もちろんです。クリスのお兄さまならば、わたしにとっても兄となる方ですもの」

「ありがとうございます。ドレスや装飾品は、私の勝手ですがリジーに似合いそうなものを頼んでおきました。週末には届くかと思いますので、どれが良いか確認してください」

その言い方から察するに、彼が選んだドレスは一着ではないのだろう。何着か注文したなかから、エリザベスに好みのものを選ぶように、とクリスティアンは言う。

「まあ、そんな。わたし、ドレスならたくさんいただきました。クリスが買ってくださったドレスで、クローゼットはもういっぱいです！」

もとより大国の王女だったエリザベスは、ドレスに困ったことはない。嫁いでくるにあたり、新しいドレスを何十着も誂えてもらった。そのほかにも、彼女がこの離宮へやってきたときには、クリスティアンが選んで買い付けてくれたドレスや装飾品、靴にバッグに帽子にレースのハンカチ、それに羽扇まで、何もかもが揃っていたのである。

「愛らしい花嫁をもらったからには、あなたにどんなドレスを着てもらうか考えるのも、私の楽しみのひとつなのですよ。どうか、遠慮なく受け取ってください、リジー」

美しい瞳を細めて、彼は眩しそうにエリザベスを見つめた。

新婚夫婦というには、少しばかり距離のあるふたり。けれど、高い身分の夫婦ならば、このくらいはおかしなことではない。

問題は、花嫁が淫夢を見てしまうことのほうだろう。

——あんな夢に満たされるよりも、今夜こそクリスの寝室へ行かなくては。

エリザベスは、決意も新たにイチゴを口に運んだ。みずみずしい果実は、冷たく甘く、そしてどこかせつなさを胸の奥に広げていく。

今夜こそ。

彼女は、心のなかでなんどもそうつぶやいていた。


ところが——

その夜も、エリザベスは甘い夢に惑わされることになった。

入浴後、ジュリエッタが運んできてくれたジャム入りの紅茶を飲んだところまでは、はっきりと覚えている。その紅茶は、クリスティアンがエリザベスのために淹れてほしい、と厨房にあずけておいてくれたものだ。

寝る前にジャムを入れて飲むことで、健やかな眠りをもたらす効果があるのだという。彼の優しさに感動しながら紅茶を飲み、エリザベスは前夜と同様、ひと目を忍んでクリスティアンの寝室へ向かった。

――そのあとは……どうしたのだったかしら……

覚えているのは、どうしようもないほど快楽に彩られた夢の世界。そこではクリスティアンは、普段とは違う少し乱暴な口調で、エリザベスを乱していくのだ。彼女の悦びを引き出そうと、彼は指で、舌で、唇で全身を愛でてくれる。

夢のなか、エリザベスは今夜も目隠しをされているような気がしていた。

ほんとうは、夢でもいいからクリスティアンを見ていたい。自分を感じさせるとき、夫はどんな顔をするのだろう。それを知りたいと思った。

――だからこそ、夢のなかでわたしはクリスの顔を見られないのかもしれない。

なにせ、現実にクリスティアンがどんな表情で自分を感じさせるのかなど、エリザベスにはわからないのだ。

夢とは、経験したことを追体験させるものだと聞いたことがある。つまり、エリザベスが知らないことは、夢にも出てこない。忘れていることを夢で思い出すことはあっても、まったく想像すらできない事象は起こりえないということだ。

「……いけないわ。今日は、レクシーが来てくれるはずだから、相談してみなくては」

朝、目覚めたエリザベスは、寝台のうえで膝を抱いてちいさくひとりごちた。

寝室作法の指南役であるレクシーになら、こうした相談もしていい――はず。いや、相手が既婚者であろうと、エリザベスに指南することを引き受けてくれた相手であろうと、本来は淫夢など誰かに話すべきではない。そのくらい、エリザベスとてわきまえている。

けれど、もし。

この夢が、数日で終わらなかった場合、いったいどうしたらいいのだろうか。

夢のなかで、幻のクリスティアンと愛し合う。それは、夢としては悪いものではない。むしろ、現実にかかわる不安がないぶん、エリザベスにとっては都合がいいのかもしれない。

だが、真実の夫婦になりたいと願うのに、夢でばかり一方的な快感を感受するのでは、前に進めないのだ。

さて、どこから説明したものか。

エリザベスは、午後にレクシーが来るまで、その日はずっと考え込んで過ごした。


「まあ、そんなことがおありでしたの」

結局、恥を忍んで正直に話すしかできなかった。愛される行為の内容を詳細に語ったわけではない。クリスティアンの夢を見て、夢のなかで彼にたっぷり愛される。それだけを伝えたのだが、エリザベスにとっては白い頬を真っ赤に染めるほど言いにくいことだった。

「は、はい。レクシーがせっかく夜のお誘いのしかたを教えてくれたのに、実践できずに眠ってばかりになってしまって……」

申し訳ない気持ちでうつむくと、細い肩にレクシーの手が触れる。

「ねえ、王女さま。わたくしは、ただの指南役ですの。指南役なんて、本来はいなくたって困らないものだわ。おふたりが幸せなら、それでかまわないんですもの」

「……？　はい、それはそうかもしれませんが」

実際、今のクリスティアンとエリザベスは、ほんとうの意味で夫婦とは呼べない関係だ。

彼は、エリザベスの想い人を自分ではない誰かだと考えているだろうし、エリザベスはエリザベスで彼を愛していることを伝えられないままである。

それでも、少しずつ歩み寄っていけたら、と願ってやまないのだ。その根底に、結婚前に彼が言った言葉がある。

急いで子をなす必要はない。

エリザベスとの間に子をもうけるつもりがないのではなく、いずれ――というニュアンスが、そこに潜んでいるような気がするのだ。あるいは、エリザベスが彼の言葉にすがっているだけなのかと思うこともあるけれど。

「それにしても、王女さまは厄介な殿方と結婚なさったものですわ」

「クリスティアンさまがですか？　厄介だなんてとんでもない。わたし、ずっと彼に懸想していたんです。は……初恋の、相手なのです」

過去のナニーと、侍女のジュリエッタにしか明かしたことのない初恋の話を、エリザベスは久しぶりに口にした。

レクシーは少々驚いた風だったが、すぐにいつもの余裕のある大人の笑みを浮かべる。

「うふふ、かわいらしい王女さま。きっと、クリスティアンはあなたのそういうところに惹かれて結婚されたのでしょうね」

「あの……クリスは、わたしに惹かれているようには見えません。わたしばかりが、彼に恋しているんです」

自分で言っておいて、なんだか気落ちする発言だ。わかってはいたけれど、言葉にするといっそう肩が落ちる。

「まあ、本気でそう思っていらっしゃるの？」

「え、ええ、もちろんです」

そこで、レクシーが顎先に手を添えて、何かを考えはじめた。沈思黙考ののち、指南役はエリザベスが思いもよらないことを言い出す。

「でしたら、今夜は夕食の直後にクリスティアンを誘ってみてはいかがかしら？」

「入浴前に……ですか⁉」

一応、エリザベスとて年頃の少女である。夫に肌をさらすからには、やはり体を清めたあとでないと恥ずかしい。

「それとも、しばらくはその甘い夢に浸ってみるというのも、悪くはないと思いますわ」

「ですが、わたしはクリスとほんとうの夫婦になりたいんです」

「ええ、そのためにも夢に没頭するのです。そうすれば、王女さまはご自身が何を求めているのかわかるんではなくて？」

あの夢が、自身の欲望の発露だとすれば、エリザベスが気づいていない深層心理の願いを叶(かな)えている可能性はある。

——わたしが、クリスにしてほしいと願っていることを、正確に把握するために……？

「——それにしても、クリスティアンたらほんとうに厄介ね。こんなかわいらしい王女さまに、なんて淫らなことをしかけているのかしら」

「レクシー？　何か言いましたか？」

「いいえ、ひとりごとですわ。お気になさらず」

優雅な微笑みを、羽扇でふわりと隠し、アレクサンドラが小首をかしげた。

◆◆◆

夜が来て、朝が来て。

また夜が来て、朝が来る。

その順番が入れ替わることはなく、エリザベスの毎日は、いつだって夜の次に朝が訪れ、一日が終わると夕闇が離宮を包み込むようにできているのだ。

「エリザベスさま、お休み前のお紅茶をお持ちいたしました」

侍女のジュリエッタが、今夜もジャムの入った紅茶を持ってきてくれる。

「ありがとう、ジュリエッタ」

そういえば、昨日の夕食時に紅茶の茶葉を準備してくれたことへのお礼を伝えると、クリスティアンはどこか含みのある微笑みを見せた。

——もしかしたらせっかくのお紅茶なのに、わたしが睡眠不足だと知っていらっしゃるから、あんなふうに微笑まれたのかしら。

相変わらず、夜になるとエリザベスは甘い夢に閉じ込められる。快感に翻弄される夢というのは、眠りのなかでの出来事とはいえ、疲労が抜けきらないものだ。

「……このお紅茶、クリスも飲んでいるのかしら?」

芳醇(ほうじゅん)な香りを楽しみながら、エリザベスが侍女に問いかける。

「いいえ、厨房で聞いたところによれば、この茶葉はエリザベスさまのためだけにお取り寄せになったそうです。離宮内で、ほかにこの紅茶を飲める者はいないとのことでした」

「わたしのためだけに……」

夫の優しさを感じて、エリザベスはぽっと頬を赤らめた。

これほど幸せならば、ほんとうの夫婦に——寝室での営みなどせずとも、じゅうぶんに満たされていると言えるのではないだろうか。

——だって、ほんとうの夫婦になりたいと願っているのはわたしだけなのかもしれないんですもの。

そう思ってから、エリザベスはどこか腑に落ちないものを感じる。

違う。

彼は、エリザベスを「ほしくなった」と言ったではないか。

「……そう、そうよ。わたしだけではないわ」

あの日、彼がエリザベスに触れ、初めて快楽というものをこの身に刻んだ、最初で最後のときに、彼は言ったのだ。

『俺は、あなたを抱くと言っているんですよ』

思い出すだけで、心臓がぎゅうっと大きな手で握りしめられるような切なさを覚える。

エリザベスは、紅茶のカップを手にしたまま、急に立ち上がった。

「きゃあっ、エリザベスさま！　紅茶が！」

「あっ、いけない。どうしましょう。ジュリエッタ、あなたにかかったりしなかった？」

あまりに勢いよく立ち上がったせいで、カップになみなみと注がれた紅茶が、床にこぼれてしまう。

純白のナイトドレスが、紅がかった色に染まるのを見て、エリザベスは慌てて裾を持ち上げる。すると、手にしていた紅茶の残りも床に向けてこぼれていった。

「……まあ、なんてことかしら。クリスのくださった紅茶を無駄にしてしまったわ」

自分の行動のまずさに気づいて、エリザベスはがっくりと肩を落とす。

「やけどはされていらっしゃいませんか？　すぐに掃除いたします。その前に、お召し替えを——」

「だいじょうぶよ。ジュリエッタは平気？」

「ええ、わたくしは無事です。お気遣い、ありがとうございます」

——ごめんなさい、クリス。

しゅんとうつむいたまま、エリザベスは心のなかで夫に詫びた。

それから半刻ほど。

ナイトドレスを替え、新しい紅茶を淹れ直すというジュリエッタに、今夜はもういいと断りを入れて、エリザベスはクリスティアンの寝室へ向かっていた。せっかくクリスティアンが取り寄せてくれた紅茶を、無駄にしてしまったことが申し訳ない。

今夜の彼女は、まだ睡魔が訪れていない。だから、昨晩までの自分も間違いなくこの廊下を歩いたことを、はっきりと思い出せた。

——それなのに、どうして朝になるといつも自分の寝台で寝ているのかしら。わたしったら、クリスの寝台で眠って、彼に毎晩運んでもらっているの？

もしそうならば、クリスティアンもひと言何か言ってくれそうな気はする。あるいは、優しい彼はエリザベスを気遣って黙っていてくれるのか。まさかとは思うが夢遊病の気があって、毎夜ふらふらと歩いて寝室まで帰っているということは——

考えているうちに、エリザベスは夫の寝室に到着した。王女らしからぬ行動ではあるが、ここで彼女は扉に耳をそばだてて、クリスティアンが室内にいるかどうかを窺う。

彼は、まだ入浴中なのか。それとも書斎で用事をしているのか。どちらにせよ、寝室にはいないようだ。

「……失礼します」

部屋の主の不在を知っていても、エリザベスは小さく断りの挨拶をしてから、扉を開ける。

のちほど、クリスティアンが戻ってくることを見越しているのか、彼の寝室は主不在のときでも燭台に明かりが灯っている。真鍮の燭台は、丁寧に磨かれてはいるけれど、年季が入っているのを感じさせた。エリザベスの生まれ育ったエランゼの王宮も、古い燭台がたくさんあったものだ。

子どものころは、真新しいきらきらした調度品に憧れたこともあるけれど、次第に古くから大切に使われたものに愛情を抱くようになった。そういう意味では、この離宮はエリザベスの終の棲家として理想的な建築物である。歴史ある建物を、丁寧に何度も修復し、代々の城主が守ってきた。中庭の古くなった四阿や、樹齢を想像できない大木、色の変わった石畳も、今は使われていない礼拝堂も、どれもこれもが誰かの思い出の場所なのだろう。

そこに、自分とクリスティアンの思い出も刻まれていく。ときが流れ、いつか誰もがふたりを忘れたとしても、ここに生きていた形跡が残る。

――ずっと、クリスと一緒にいたい。もちろん、今の生活にだってじゅうぶん満足しているわ。わたしは、叶うはずのない恋をしていたのに、彼のおかげでこんな幸福な日々を過ごしているんですもの。

自分がこれほど欲張りだなんて、エリザベスはクリスティアンに恋をするまで知らなかった。もっと、と心が希求する。ひとつ叶えば、その次も望み、それも叶えばさらに求める。

室内履きで歩いてきたエリザベスは、寝台のそばで左右そろえて脱ぐと、そっと上掛けの下に忍び込んだ。

――今夜は、なんだか頭がすっきりしているみたい。クリスは、何時ごろに戻ってくるかしら。

金色の髪も隠れるよう、すっぽりと上掛けにくるまっていると、だんだん体があたたまって、いつもと同じやわらかな眠気が訪れる。しかし、そうはいっても毎度同じ失敗をするわけにはいかない。

今夜のエリザベスは、安眠のための紅茶を飲んでいないことが功を奏したのか、クリスティアンの足音が聞こえてきたときにも、まだ眠らずに待っていることができた。

ところが。

いざ、彼が寝室へやってきたのを感じ取ると、どう行動すべきなのか戸惑ってしまう。頭ではわかっていても、夫に夜這いをかけるのはなかなか難しいことだ。

心臓が、今にも胸から飛び出しそうなほどに早鐘を打つ。この音が、クリスティアンにも聞こえてしまうのではないだろうか。そんなことを思ったとき。

「さて、今夜も我が花嫁はぐっすり眠っているんだろうね」

夫の声が聞こえてきた。けれど、彼はエリザベスに話しかけているというよりは、確認をしている素振りである。さっと上掛けが剥がされ、反射的に目を閉じる。

起きている、と言わなければ。寝たふりをするなど、夜這いの意味がなくなってしまうというのに。

――ああ、どうしましょう。わたしったら、なぜ目を閉じてしまったの？

エリザベスは、つい眠っている風を装っていた。

「あの紅茶は、なかなか便利なものだ。レクシーが、昔に言っていたとおりだな」

彼は、エリザベスが寝ていると信じて、疑いもしないらしい。紅茶、レクシー、と彼女の生活に馴染んだ単語が聞こえてきて、なぜかひどく気にかかる。

そうしているうちに、何かが顔のそばをかすめた。布だ、と気づいたときには、クリスティアンの長い指が、器用にエリザベスに目隠しをほどこしている。

の!?

——これは……? まさか、毎晩わたしが夢だと思っていたことは、現実だったとでもいう

夢のなかで、覚醒している自分。いつだって、エリザベスは夢のなかで視界を奪われていた。ある夜は、ワルツの最中の大広間で。またある夜は、彼と出会ったジョゼモルンの大聖堂で。そして、昨晩は——

「ああ、今夜も愛らしいよ、リジー」

背筋がぞくりとするほど、恍惚(こうこつ)とした声だった。口調だけではなく、声音までもがエリザベスの知らないクリスティアンである。聖なる騎士、この国でも人気のある彼が、眠る妻に目隠しをし、その体を弄んでいただなんてありうるのだろうか。

——いいえ、クリスの行動にはきっと何か理由があるはずだわ。もしも彼がわたしに触れるのだとしても、それは……

さすがのエリザベスでも、彼の行動に正当な理由を当てはめることができない。

「ふふ、このナイトドレスはなかなか扇情的だ。リボンをほどくと、胸元があらわになってしまうらしい」

しゅるり、と襟ぐりのリボンがほどかれる。彼の言うとおり、替えてきたナイトドレスは、ボタンではなくリボンで前身頃をとめる作りだ。

肌が、空気に触れる。クリスティアンの視線が、自分の体に注がれているのだと考えるだけ

で、胸の先が甘く疼くのを感じた。

「きめ細かい肌だ。それに、眠っていてもすぐ俺の気配を察して、ここを硬くする。あなたはどうしてこんなにかわいらしいんだろうな」

ここ、と言った唇が、指す場所らしい胸の先に間髪を容れず口づける。

「……っ、ん……！」

体の奥から、ひどく甘い情熱が感じられた。

毎夜の夢は、夢などではなく。

――こうして、クリスに愛されていたというの……？

それに気づいたエリザベスは、目を開けることが怖くなった。起きていると知れば、彼はこの行為をやめてしまうかもしれない。

愛されたい気持ちは、もちろん強い。自分が想うのと同じでなくてもいいから、彼に少しでも想われたいと願ってしまう。だが、それとは別に、クリスティアンのほんとうの妻になることを夢見ているのだ。

――レクシーが教えてくれたように、クリスのすべてを受け入れたら、わたしは彼の妻になれるんですもの。

すでに、エリザベスはクリスティアンの妻としてここにいる。ジョゼモルンで、この離宮で、彼女は生活している。けれど、誰が認めてくれようとも、夫であるクリスティアンにこそ認めてもらわなければ意味がないのだ。

——目を閉じていれば、続きをしてくださるの？

ちゅ、ちゅっと音を立てて胸が吸われる。そのたび、エリザベスの体は甘く潤い、脚の間がしっとりと濡れてきていた。今夜は、目隠しされることもないらしい。

「リジー、今夜のあなたはいつにもまして感じやすいね。息も上がって、唇が赤く腫れてきている。俺にキスされたい……？」

ぜひに、と答えたくなる心を、ぐっと押し殺す。エリザベスは、眠っているはずなのだ。ならば、返事をしてはいけない。そう、そのはずで。

「そこはまだだよ」

指腹が、薔薇の花びらのように可憐なエリザベスの唇を優しくなぞった。

「かわりに、今夜はこっちをたくさんかわいがってあげよう」

その言葉に次いで、ナイトドレスの裾が腹部までめくりあげられる。白くすべらかな下肢が、彼の視線にさらされていた。

「……っ、……ぁ、あっ……」

こらえなくては。

頭ではわかっていても、触れられるたびに熱がこみ上げる体が、ため息にも似た声を漏らす。

「おやおや、もう濡れはじめている。リジーの体は、まだ男を知らないというのにずいぶん淫らに花開いてきたようだ」

　ぞくり、とうなじに痺れとも寒気とも説明できない感覚が走った。指で亀裂を左右に開かれ、秘めた部分をあばかれる。

　反応してはいけないと思うほどに、エリザベスの体はせつなさで満たされていく。開かれた柔肉の間で、蜜口がひくひく震えると、隘路にたまった蜜がこぼれていくのがわかった。

「リジーの感じている顔を見られないのは残念だ。目隠しなんて無粋なもの、今夜はいらないな」

　言葉とともに、エリザベスの目元を覆っていた布がはずされる。今度こそ、目をぎゅっと瞑っていなければ、起きているのが知られてしまう。

「いい子だな。今夜はここに、何十回も何百回もキスをしよう。夫婦にだけ許されるキスだ」

——え……？

　考えるよりも早く、エリザベスの脚の間にクリスティアンが顔を埋める。

「ひ……ぁ、あっ……！」

　ちろ、と舌先が蜜口をかすめただけで、腰が高く跳ね上がった。

「そんなに暴れるなよ。それとも俺から逃げたい？　俺に穢されるのが怖いか？」

——違う、そうではないの。ただ……

　眠っていると思われたまま、こんなことをされて。自分ばかりが感じてしまうのが、恥ずかしかった。冷静なクリスティアンの声に、蕩けそうになった体が震えてしまう。エリザベスの全身が輪郭を失いそうなほど、内から熱で狂わされていく。

「っっ……、っ、ふ……」

必死に声をこらえても、こぼれる吐息は隠せない。エリザベスは、目を閉じたままで自分の手のひらを唇に押し当てた。そのときだった。下腹部のほうから聞こえてきた声に、エリザベスは呼吸さえ忘れそうになる。

「──いいよ、寝たふりをしなくても」

反射的に目を開けた。

彼は、いつから気づいていたのだろうか。自分が起きていることに。そして、彼はいつからこんなことをしていたのだろうか。慣れた所作は、今夜が初めてだったとは思えない。つまり、毎夜エリザベスがクリスティアンの寝室へ来るたびに、こんな淫らな行為を──

「ごめんね、驚いたかい？」

「ク、クリス……」

秘めた部分に唇をつけたままで、彼が目を細めてみせる。

「リジーがかわいくて、つい……。と言ったら、あなたは許してくれる？」

もとはといえば、ほんとうの夫婦になりたくて、エリザベスは彼の寝室へ通ってきていた。そのための助言をレクシーから聞いていたのだ。

「ゆ、許すもなにも、あなたはわたしの夫ですもの……」

だが。

毎晩、彼の寝室へ来るたびに眠ってしまったのは、もしかしたらあの紅茶のせいだったのかもしれない。クリスティアンが、エリザベスのためだけに準備してくれた紅茶。それを飲むようになってから、どうにも眠気に勝てなくなった。

——とはいえ、最初は偶然、クリスの寝台で待っている間に眠ってしまったのだけど……

「我が妻はずいぶんと慈悲深い女性のようだ。では、もし俺があなたの夫でなかったら？　聖騎士でなかったら？　ジョゼモルンの王族でなかったら、リジーは今と同じように俺を受け入れてくれただろうか」

「それは……」

もちろん、彼を受け入れる。

それどころか、彼の身分や職業などエリザベスにとってはどうでもいいことだった。王女である自分には、嫁ぎ先を選ぶ権利がない。だから、クリスティアンが隣国の王子でなければこうして彼と過ごす今はなかっただろう。

——でも、わたしがクリスに恋をしたのは、もっと以前のことだわ。彼が王子だということさえ、知らなかったんだもの。

白銀の聖騎士に恋をした。しかし、もしもあのとき、あの場でクリスティアンを目にしなくとも、どこで出会っていたとしてもエリザベスは彼を好きになったに違いない。

人生で、たった一度。最初で最後の初恋の相手、それこそがクリスティアンなのだから。慎重に言葉を選んでいたエリザベスの沈黙を、クリスティアンはなにか違う意味だととらえたのかもしれない。

「……わかっているよ。そうそう、あなたには俺ではなく想う男がいるんだった」

「違います、それは……」

手紙で相談した恋の相手こそが、クリスティアンなのだと。

言うならば、今しかない。エリザベスは、そう思って唇を湿らせた。ずっと想っていた相手は、あなたです——

口を開いてから、彼女の時間がふいに止まる。

「……リジー？」

こちらを見つめる青い瞳が、ほのかな期待を抱いているように見えるだなんて、気のせいだとわかっていた。彼は、自分をかわいそうに思ったからこそ娶ってくれたのだ。だが、ほんとうはエリザベスがずっとクリスティアンだけを想っていただなんて知ったら、夫はどうするだろうか。

これ幸いに子作りに励む——ような男性だとは、到底思えない。なにしろ、彼は聖なる騎士であり、聖職者であり、この国の王子なのだから。

ならば、不憫に思って娶ってやったにもかかわらず、嘘をついていた花嫁を生国へ追い返す——こともなさそうだ。国と国の婚姻は、ふたりの気持ちだけで終わらせることができないのが通例である。逆に言えば、互いにどれほど想い合っていても、国同士が激しい仲違いをした場合には、自国へ連れ戻されることもあると聞く。

——いいえ、そういうことではなくて……！

心を声に出して伝えたい。そう思う反面、不安ばかりが募っていく。優しいクリスティアンだからこそ、騙していた自分が恥ずかしい。嘘をついたことで嫌われるのが恐ろしい。

「聞かせてくれないのか？」

体を起こしたクリスティアンが、エリザベスの両膝に手を載せる。大きな手は、あたたかい。その手に包まれた膝頭が、じわりとせつなくなるのはなぜだろう。

エリザベスは、その理由を考えるよりも先に寝台の上で体を起こしていた。体勢的に、膝を開いて立てたままではいられない。恥ずかしい部分をあらわにしつつ、話すことでもないのだ。

「リジー、どうし——」

彼の言葉を遮るように、自分からクリスティアンの胸に寄り添う。抱きつきたい気持ちがあったけれど、そこまで大胆になれないのが彼女らしさでもあって。

「あ……あなたのことが、好きです……っ」

絞りだすような小さな声。けれど、言えた。やっとやっと、ほんとうの想いを口に出せた。

「……クリス？」

だが。

エリザベスの告白に、クリスティアンは沈黙を守っている。

やはり、気分を害してしまったのだろうか。ずっと彼を好きだったことを、こんなふうに明かすのは不躾だったのだろうか。あるいは、彼が求めているのは肉体的な悦びだけで、心はいらなかったとでも――

顔を上げようとした、まさにそのとき。

「きゃ……っ」

エリザベスの体が、力強い腕に抱きしめられる。

「あ、あの、クリス……」

「ねえ、リジー、今の言葉はほんとうですか？」

昼間の話し方で。

なのに、抱きしめる腕の強引さは、夜の淫靡さを兼ね備えて。

「もう一度、聞かせてください。リジー、私を好いてくださっているんでしょう？」

――ああ、おかしくなってしまう。

心臓が痛いほどに跳ねる。彼の吐息が触れる首筋がせつない。抱きしめられた体が、このまま折れてしまいそうなほどにしなっていた。

「好き……です。わ、わたしは、クリスティアンさまのことが……」

「こら」

ふいに彼の腕が緩み、エリザベスは顎に指を添えられた。そのまま、顔を上に向けられる。

「クリスと呼んでくれるよう、お願いしたはずですよ」

「は、はい。クリスのことが大好きです……」

吸い込まれそうな青い瞳を見つめて、エリザベスはそう言った。唇から心がこぼれる。こんな奇跡があるのだなんて、今まで誰も教えてくれなかった。

彼に求婚されたときも、彼と結婚したときも、彼と毎日一緒に過ごすようになってからも、これほどまでの充溢（じゅういつ）を感じたことはない。心が真実に満たされていく感覚に、感極まって涙がにじむ。

「なぜ好きだと言って泣くんですか。それとも、私がいじわるをしすぎましたか？」

何か言ったら、泣き声になりそうだった。これまでの人生、涙が出るのは悲しいときや痛いとき。それすらも、大切に王宮の奥深くで育てられたエリザベスには数えるほどしかなかったように思う。

――なのに、今はどうして涙があふれてしまうの？

好きな人に好きと伝えることができて、心は喜びに震えている。彼がいじわるをしたくらいで泣くほど、エリザベスとて子どもではない。まして、そのいじわるが気持ちいいことを知ってしまった今では。

心配そうにこちらを覗き込んでくるクリスティアンに、エリザベスは微笑む。涙は、嬉しいときにも出ることを、初めて知った。

「いじわるなクリスティアンさまも好きです」

「……そういうことを言うと、もっとされるかもしれないんですけどね」

金色のやわらかな前髪を手でよけて、エリザベスのひたいに彼が唇を寄せる。触れるだけの唇は、しっとりとやわらかい。もう涙は止まってもいいはずなのに、両目からはなおもポロポロと透明な雫（しずく）がこぼれていた。

「ど、どうしましょう。涙が止まりません」

指先で頬をぐっと押し上げてみたが、おかしな顔になるばかりで一向に止まらない。

「緊張がほどけると、そういうこともあるようですよ。リジーは、私に好きだと言うのによほど緊張していたのでしょう」

「……そう、なんでしょうか」

「はい、そうです」

にっこり微笑んだ夫を前に、またもエリザベスの瞳から涙がこぼれる。

好きだと告げること。

それすらも許されないと、ずっと思っていた。念願かなって彼の妻となり、想いの丈を伝え、もうこれ以上望むことはなくなってもいいものを、エリザベスは自分がよくばりになるのを感じてしまう。

――クリスは、わたしを好きだと言ってはくれないの……?

自分が好きになったから、同じように好きになれだなんて、そこまで傲慢なことを考えているわけではない。

「?　どうかしましたか、リジー」

じっと見つめる大きな瞳を、クリスティアンが覗き込んでくる。

「い、いいえ、どうもしません」

慌てて目をそらすと、彼は小さく息を吐いた。

「そうですか。それはよかったです」

噛(か)み合(あ)っていない会話に、どのあたりがよかったのだろうと思った瞬間。

「……っ……!?」

前触れなく、唇がふさがれた。

――キ、キスを……どうして今、こんな、急に……!

先ほどひたいに触れた彼の唇が、今はエリザベスの唇に重なっている。生まれて初めての唇へのキスに、呼吸さえ忘れて目を閉じた。

聞かなければいけないことは、いくらでもある。彼の気持ちを問うことはできずとも、彼女が毎晩夜這いの最中に眠ってしまっていたのは、クリスティアンが用意させていた紅茶のせいではないのか。眠っている自分に、淫らな行為をしていたのはどういう理由があるのか。ほかの男性を想っているはずの自分が彼を好きだと言ったことをどう受け止めているのか。聞きたいことは、たくさんあるのに。

「んっ……ん、ぅ……っ」

角度を変えては重ねられる唇に、エリザベスはもう何も考えられなくなっていた。

「リジー、息をしてください。こうして、いったん唇を離したときにしないと、苦しくなってしまいますよ」

「は、はぃ……」

すう、はあ。大きく息を吸って吐いたエリザベスが、もう一度呼吸を整えようと口を開けたところに、ぬるりと何かが口腔に侵入してくる。

「んんっ……!?」

それは、クリスティアンの舌だった。何が起こったのか戸惑いつつも、彼女は舌を奥へ引っ込める。追いかけるようにして、彼の舌が先端でつついてきた。

——う、嘘だわ。こんな、こんなキス……!

耳の裏がぞくぞくと震え、腰から下肢にかけて力が入らなくなっていく。そらした顎には、クリスティアンの手が添えられていて、逃げることもままならない。

「噛んではいけませんよ……?」

唇を触れ合わせながら、彼が言う。

「……ん、は……ぅ……」

はい、と返事をするつもりが、言葉にならなくて。

「あなたはほんとうに純真ですね。これだけで、そんな蕩けた顔をする」

再度、クリスティアンがキスを深めた。

「ク……クリスだって……」

先ほどまでとは口調が違う。俺とは言わず、私と自称し、語尾はやわらかな聖職者のごとき話し方だ。

——あるいは、小さな子どもに接するような態度なのだわ。

そのことに気づいて、エリザベスは夫の青い瞳をまじまじと見つめる。

「リジー?」

「わたし、嫁いでくる際に母から本をいただきました」

「……うん」

突如の話題に、相手が少々面食らっているのがわかっていた。それでも、今から彼に伝えたいことを思うと、前段階として説明せずにはいられない。

「寝室で旦那さまといたすことを、母の生国(しょうごく)では本にして託したそうなのです。母は祖母から手渡され、わたしは母からそれを受け取りました。――あの、まだ読んではいないのですけれど……」

クリスティアンは、黙って話を聞いてくれる。

――きっと、クリスならもうわたしの言いたいことはおわかりなのでしょうね。

「で、ですが、まだわたしはクリスとそういうことをしていません。もっと学んでからすべきなのか、それともわたしが小柄で子どものような体つきをしているから魅力が足りないのかはわかりませんが……」

あなたに、抱かれたい。

だからこそ、毎夜花嫁は夫の寝室へ夜這いをかけていたのである。ある意味では成功していたとも言えるし、別の意味では失敗していたとも言える。なにしろ、エリザベス自身は夜毎の淫夢だと思っていたことが、現実だったのだから。

「わ……わたしは、クリスの妻です。ほんとうの妻に……してください……っ」

自分から彼の胸に顔を埋め、エリザベスは細い両腕を夫の背にまわす。細面(ほそおもて)の美しい相貌と相反して、厚く逞しい胸板。その奥で、自分と同じように鼓動を打ち鳴らす心臓の存在を感じ、エリザベスはきゅっと目を閉じた。

――でも、じつはもう夫婦の契りも結び終えているかもしれないわ。わたしが眠っている間に、すべて……

最後のささやかな不安を、彼の優しい声が打ち砕く。

「俺が、あなたを俺だけの女にしていいと、そう言っているんだね、リジー」

クリスティアンの声が、夜の艶めいた色香に濡れる。

「は、はい……」

「毎晩、知らないうちにあんないやらしいことをされていたというのに、それでも俺のことを怖くないと?」

頷いた直後に、エリザベスは寝台に仰向けに押し倒されていた。怖いのは、抱かれることではない。彼に「もうおまえなんかいらない」と目をそらされることだ。

「……わたしは、クリスの妻、ですから」

「素直で純粋なリジー。今夜、俺があなたを女にしよう」

揺らめく燭台の明かりが、クリスティアンの瞳に映っている。それはまるで、彼の情欲を表しているように見えた。

「だが、その前に話しておかなければいけないことがある」

「話しておかなければいけないこと……?」

ふと目を伏せた彼の表情が、それまでとは違って強張りをみせる。ただそれだけで、不安がぞわりと胸に広がった。

「も、もしかして、レクシーのことでしょうか……?」

妻として、エリザベスは決して考えないようにしていたことがある。

彼と彼女は親戚でしかないのだと、あんな魅力的ですばらしい女性が自分に指南をしてくれているのだから疑うのはよくないことだと、無意識に心をせき止めていた。

「レクシーの、どんなことを話すべきだと思うんだ？」

ふふっと小さく笑ったクリスティアンが、表情の強張りをほどき、エリザベスの瞳を覗き込んでくる。その目に、何かわずかな期待が見て取れた。

「あの、レクシーとのご関係、とか……」

「俺とレクシーはただの親戚だと言ったはずだが」

「ですが、あんなに魅力的な女性です。それに、レクシーはクリスのことをとても親しげに語ってくれますし……」

ふたりの間に、男と女の関係があったらどうしよう。そんなことを、考えたくはなかったけれど、考えないようにすればするほど、頭のどこかによぎるものがある。

「ああ、リジー！」

嬉しそうな声が耳元に聞こえてきた。クリスティアンが、のしかかるように、押しつぶすように、全力でエリザベスに抱きついてきたのだ。

「クリス⁉」

「あなたは嫉妬してくれたんだな。俺とレクシーの関係を気にしている。それが嬉しいと言ったら、俺を嫌いになるか？」

「まさか！　嫌いになんか、なれません」

嫉妬――というその単語に、エリザベスは恥ずかしくなった。妻として迎えられながら、ほかの女性に嫉妬するだなんて。

――クリスを疑ったも同然だというのに、なぜ彼は怒らないのかしら？

「レクシーとの間には、何もない。あまり吹聴したい話でもないが、俺は昔、彼女に子分のように扱われていたものでね」

「まあ、クリスが子分ですか？　王子のご身分で、なぜそのような……」

「――それは、俺が正妃の息子ではないからだ」

急に、低い声でささやかれて、エリザベスは心臓がぎゅっと掴まれるような気持ちになった。

これ以上、踏み込んではいけない。

反射的にそう思う。

彼のことを知りたいと願う反面、急にたくさんのことを聞こうとして、クリスティアンが心を閉ざしてしまうのが恐ろしい。

まして、彼はやっと今夜こそ自分を妻として抱くつもりだと言ってくれているのである。

「あなたは、俺が正妃の息子でなくとも――どこの誰の子だとしても、同じ気持ちで接してくれるのか？」

「はい、クリス。わたしが慕っているのは、今ここにいて、わたしを抱きしめてくださるあなただけです。あなたのお生まれについては——正直に申しまして、知りたいと思う気持ちもありますが、今すぐに無理に話してくださらなくともかまいません」

彼の背に両腕を回し、エリザベスは優しく語りかけた。

たとえ、彼がどこの誰だとしても。

こうして出会い、夫婦という縁を結び、心を交わしている。

エリザベスにとっては、どんな高貴な生まれの見知らぬ男性よりも、今ここにいるクリスティアンこそが愛しい人なのだ。

「あなたが話してもいいと思えたときに、話してくださったら嬉しいです。わたしは……わたしたちには、たくさん時間がありますもの。だって、結婚したのですから。そうでしょう？」

「……ありがとう、リジー。俺は、あなたを誰よりも大切にする」

強く抱きしめられて、エリザベスは静かに目を閉じた。

第四章　初夜——愛されたくて

たとえ、自分がどこの誰でも。

——彼女は、俺を受け入れようとしてくれている。

その現実を前に、クリスティアンは高まる欲望を感じていた。

愛らしい妻を迎えながら、男として彼女に接することをある程度自制してきたのである。最後の一線だけは、決して越えない。その先に進むためには、エリザベスの告白こそが通行証になると決めていた。

けれど、それだけではなく。

彼女は、クリスティアンが正妃の息子ではないと知ってなお、なんら態度を変えなかった。

それどころか、好奇心に駆られて事情を聞き出そうともせず、クリスティアンというひとりの人間を色眼鏡なしに見てくれている。

「美しい肌だ」

ささやく声がかすれるのは、彼女に向ける劣情をなるべく暴走させまいと心を押し留めているせいだ。

敷布の上、エリザベスは白く細い両腕で懸命に裸体を隠そうとしている。

寝台で、一糸まとわぬ姿をさらす彼女。どんな芸術家のどんな崇高な作品よりも、エリザベスは美しい。

それを見つめて、クリスティアンはふっと微笑んだ。

——俺を好きだと認めた。彼女はもう、完全に俺のものだ。俺だけの、俺の妻だ。

求めることにも、求められることにも意味を見出せず、ただ騎士として生きる道を選んできた男にとって、自分を心底愛してくれるエリザベスは、どこかつかみどころのない存在だった。

そこまで純粋な愛情を向けられたことがなかったから、エリザベスのことをつかみどころがないと感じただけだったのかもしれない。

だが。

ある意味では、彼女はとてもわかりやすい。

エリザベスは素直で、どれほど取り繕って架空の『誰か』に恋しているふりをしても、クリスティアンに向ける恋する瞳は隠せていなかったからだ。

言葉以外の方法で、いつも彼女は想いをあふれさせていた。そんなエリザベスを見ては、クリスティアンもまた癒やしにも似た何かを享受してきたのである。

当初、彼はそれを愛玩動物に向ける情のようなものだと思っていた。小さくて、大きな瞳の少女。庇護欲も、撫でて愛でたくなる理由も、ひとえにエリザベスが愛らしいから。

女性としてではないのだ、と自分に言い聞かせていたかもしれない。

だが。

――もう、俺も自分を騙せそうにないな。

毎夜、眠る彼女に触れるたび、もっと先までエリザベスを愛したい気持ちが心に積もっていった。

慾望と愛情を勘違いするほど、彼は幼くもない。触れれば薄赤く染まる彼女の白い肌を、好奇心だけで感じさせてきたわけではなく。

自分に惚れ込んだ王女への興味は、次第にひとりの女性への愛情と変わってきていた。

ジョーイといる姿を見て、嫉妬に駆られてエリザベスに触れたときには、きっともう彼女への独占欲は始まっていたのだろう。

「かわいいよ、リジー」

彼は、そう言って寝台に手をついた。エリザベスがぴくっと肩を震わせる。すでに赤らんでいる頬に、伏せた睫毛が淡く影を落とした。

「あ……の」

目を伏せたまま、彼女がおずおずと右手を伸ばしてくる。

「どうした?」

本性をあらわにしながら、クリスティアンはにこりと微笑みかけた。ここで「やっぱりできない」なんて言わせるつもりはない。

――彼女が泣こうと嫌がろうと、俺の妻だ。俺の女だ、俺だけの……

そんな彼の気持ちを知る由もないエリザベスが、伸ばした右手でクリスティアンの胸元に触れる。

「クリスは、全部脱いでくれないのですか？」

「え……？」

言われてみれば、花嫁を全裸にしておきながら彼はまだ一枚も服を脱いでいなかった。

自分は脱がずとも、することはできる。彼女を抱きたい気持ちばかりが逸り、クリスティアンは服を脱ぐことにさえ頭が回っていなかったのだ。

エリザベスの言葉でそれに気づき、彼はふっと息を吐いた。

すると、慌てた様子で彼女が口を開いた。

「い、いえ、いいんです。脱がなくたっていいんです。わたしと……ほんとうの夫婦になってくださるだけで感謝すべきなのに、図々しいことを……」

彼女は大国の王女で。

蝶（ちょう）よ花よと育てられたはずで。

それなのに、なぜ自分の前ではこれほどまでに従順なのだろうか。いや、従順というよりも恐縮していると言ったほうが正しい。あるいは、恐れられているのかもしれない。

何を恐れているのか。

そう思った瞬間、クリスティアンの心にぴんとくるものがあった。

——そうか。

エリザベスは、クリスティアンに嫌われるのを恐れている。嫌われたくない、そばにいたい、と彼女が口に出さなくとも、その想いは言動の端々に表れていた。

「リジー」

小さな手を握り、クリスティアンが妻の体に自分の体を重ねる。

「は、はい……」

「俺の裸が見たい?」

焦らすつもりで尋ねると、彼女がハッとしたように顔を上げた。紫色の瞳が、まっすぐにクリスティアンを見つめてくる。

「み、見たいです……!」

正直なところ、少々面食らった。

奥ゆかしく恥じらい深い王女が、男の裸を見たいだなんて言うわけがないと思っていたのだ。

彼女の照れる顔見たさに言ったつもりで、クリスティアンのほうが欲望を掻き立て(かた)られてしまう。

外見こそ華奢で儚げで幼く見えるけれど、彼女は十七歳の女性なのだと、思い知らされる。

それだけではない。

彼女は――エリザベスは、自分の妻なのだと。

「――素直なところもかわいいな」

細い指先にちゅっと唇を寄せてから、クリスティアンは身につけていた衣類を脱ぎ、寝台の脇へ落とす。

「……だって、クリスはとても……美しいですから。その瞳も、髪も……」

銀の髪は、ジョゼモルンだけではなく大陸内でも珍しい。それもそのはず、彼の母親はこの大陸の人間ではなかった。

「わたしの……好きな人のすべてを見たいと思うのは、はしたないことでしょうか……？」

まばたきするたび、音が聞こえてきそうな長い金色の睫毛。その先に、まだ小さな涙の粒が残っている。

告白するだけであんなに泣く少女が、今はクリスティアンに抱かれることを覚悟して、寝台に身をあずけている。そう考えると、腰から脳天まで突き抜けるような喜びを覚えた。

「はしたなくなどない。俺の妻となるからには、俺のすべてを知る必要がある。あなたは聡明(そうめい)な花嫁だよ」

「……よかった」

緊張しつつも、彼女がふわりと微笑む。

その笑顔ひとつで、クリスティアンは今すぐに彼女に押し入りたい衝動に駆られる。だが、初めての女性を相手にそんなことはできない。男として、夫として、彼は自身の慾望を自制しながら今夜を堪能しなければいけない身だ。

「けれど、俺のすべてを見るというからには、あなたもすべてを見せてくれないと」

「っっ……そ、それは、わかっています」

「まだ、胸を隠しているくせに？」

いじわるな言い方だと、自覚はある。

ほんとうの自分を受け入れられたいと望む想い。だが、今は彼女に自分を受け入れてもらうほうが先だ。そちらの慾望のほうが強い。なのに、どうしても隠しきれない。普段から、誠実そうな顔をして、おきれいな言葉で自分を偽っているくせに、エリザベスの前でだけ——彼女の体に触れているときだけ、本性が顔を出すのだ。

「ごめんなさい……、あの、これで……ゆ、許してください……」

張りのある乳房が、かすかに震えている。左右の頂はつんと屹立し、普段は薄桃色の乳暈が興奮のせいかわずかに色を濃くしていた。

——こんなに震えるくせに、俺の前にはすべてを差し出すのか。

そう思ったときには、もうこらえられなかった。

クリスティアンは、上半身だけ脱いだ格好でエリザベスの胸に引き寄せられる。

「ぁ、あっ……」

細腰が逃げるように浮いて。それを自身の腰で押さえつけ、彼女の乳房に唇を寄せた。

こぶりな先端を舌でつつくと、エリザベスは泣きそうな声をもらす。それがまた、たまらなく愛しい。

いい。

愛しい。

その言葉に、クリスティアンは自分でも気づいていなかった感情を刺激されていた。

――愛しい？　この俺が、女性に対してそんなことを思うのか？

かわいらしい、愛らしい、つい構いたくなる、健気な少女。エリザベスが自分を想っているからといって、クリスティアンは彼女に恋していたわけではない。その一途さに興味を持った。

それだけだったはずが、いつの間に彼女をこれほど愛しく想ってしまったのだろう。

「ああ、あ、クリス……っ」

金色の長い髪が、白い敷布の上で波を打った。薄い肩が何度も浮き、そのたびにクリスティアンはエリザベスの感じやすい部分を強く吸う。

「……かわいい。かわいいよ、リジー」

かわいすぎて、このまま閉じ込めてしまいたい――

ぴちゃぴちゃと音を立てて彼女の胸を愛でながら、クリスティアンは目を閉じた。

眠る彼女に淫らないたずらをしてきたことで、この体は何度も見ている。何度も触れ、何度も味わった。彼女の純潔こそ奪っていないものの、ほぼ知り尽くしたと言っても過言ではなかったはずが。

――今夜は、違う。何が違うんだ。リジーが起きているからか？　それとも……

彼女が、自分を好きだと言ってくれたからかもしれない、とクリスティアンは頭のどこかで考えていた。

強引に触れられたときとも、夢のなかで愛されたときとも、今夜は違っている。

奇しくもクリスティアンが「今夜は違う」と感じているときに、エリザベスも同じことを考えていた。

無論、彼女が夫の考えを知るはずもなく、しゃぶられて舐られて、必死に声を我慢しようとしながら、エリザベスは手の甲を唇に押し当てる。そうでもしていないと、自分の声とは思えないいやらしい声があふれてしまうのだ。

「リジー、駄目だ。声を聞かせて」

「で……でも……」

「俺はあなたの声を聞きたい。感じている声を、もっと聞かせてごらん」

美しい夫にそう乞われては、断ることなどできやしない。

胸の先端をちろちろと舐められて、エリザベスは体の芯が熱を帯びるのを感じていた。

「そういえば、さっきの話だけど」

顔を上げたクリスティアンが、こちらを見つめて問いかけてくる。

「お母上からもらった本には、どんな内容が書かれているんだろうな?」

「あ……そ、それはまだ……」

閨事を学ぶための、本。

何度も取り出してはしまい、いまだページをめくったことがないだなんて、彼のほんとうの妻になりたいと言っておきながら、あまりに情けない話である。

もじもじとうつむいたエリザベスに、「想像した?」と夫が微笑む。

「いずれ、俺も読ませてもらいたいものだ。大国の王妃どののお考えになる、夫婦の正しいまぐわり方が書かれているのだろう? 俺があなたをあまり乱暴に抱いたら、のちにその本を読んで、リジーはぜんぜん違うと不満を抱くかもしれない」

「そっ……そんな、不満だなんて……」

――わたしは、クリスに抱いていただけるなら、それだけでいいのに。

それに、レクシーからもいろいろと教わっているので、母のくれた書物を読んでいなかろうと、もう夫婦の夜の営みについて何も知らないとは言えない。それに、最後の砦(とりで)こそ残されているものの、エリザベスはこうしてクリスティアンに触れられるのも初めてではないのだ。

「へえ、そうなのか。だったら、俺はどんなふうにあなたを抱けばいいのだろうな。この愛らしい体を前に、むしゃぶりつきたくなる気持ちを、必死で抑えているのだが……」

はあ、とため息をついた彼が、大仰に悲しげな表情を見せる。平時ならば、からかわれているかもしれないと気づく――いや、エリザベスは夫に心酔しているから、どんなときだろうと彼を疑うことはないだろう。

「ク、クリスの好きなようにしてください。わたしは未熟で、どうすればあなたに楽しんでいただけるかわからないのです」

「つまり、俺だけの慾望を叶えろと？　こうしてあなたを抱くのを夢見ていたのは、俺だけだということか」

「っっ……ち、違います！　それは、わたしだってクリスとの初夜を、当然楽しみにしていました！」

言ってから、なんたる慎みのない発言と気づいたところでもう遅い。

淑女たるもの、夫に従順であるべし。

貞淑な妻となるべきが、彼に抱かれることを楽しみにしていただなんて、クリスティアンにどう思われるか――

「やっと手を離した。もう、声を殺させない」

ふっと破顔した彼は、嬉しそうにエリザベスの両手をつかむ。そして、指と指を交互に絡めて、左右の手の自由を奪ってしまった。

「クリス……？」

それを見て、エリザベスは目を丸くする。

自分の手が自由にならないのはわかるが、これでは彼も何もできないのではないだろうか。

そんな思いが、顔に出ていたのかもしれない。クリスティアンは小さく頷くと、首を伸ばしてエリザベスの唇にキスをひとつ。

「手を使えなくても、俺にはほかに使えるものがある。心配はいらない。楽しみにしていてくれたんだろ？」

「そっ……それは……っ」

大きな手が、エリザベスの手をぎゅっと握っている。その手を離すことなく、クリスティアンは唇から頬へ、そして首へとキスを繰り返した。

「んっ……」

くすぐったいような、心もとないような、なんとも表現しがたい感覚が、彼の唇の辿った肌に残される。ときに舌先でちろりと肌を舐め、クリスティアンが顔をずらしていく。

先刻愛されたばかりの胸元に唇が近づき、エリザベスは体を硬くした。そこが感じやすくなっていることを、彼女ももう理解している。

「リジーの体は、ほんとうに愛らしい。たまに、かぶりつきたくなるほどだ」

けれど、彼は胸の中心を避けて、白くやわらかな膨らみを唇で撫でるばかり。裾野から鼻先で押し上げて、側面に舌を這わせて、いちばんほしいところには口づけさえも与えてくれない。

「ほら、見てごらん。こうして、軽く歯を立てると――」

左胸のやわらかな部分に、クリスティアンがかぶりつく。とはいえ、それは痛みを感じるほどではない。彼が自分を傷つけるはずがないと、エリザベスにはわかっている。

それなのに。

「ひ……あっ……!?」

ぞくぞくと、肩から首へかけて肌が粟立つ。硬質な歯の感触に、感じるのとはまた違う不思議な感覚が駆け抜けるのだ。

「素直な体だ。あなたは心だけではなく、体まで正直にできている」

「そ……あ、あっ……」

彼の手にきつく指を絡めて、エリザベスは必死に首を横に振る。何をされているのか、わからないわけでもない。けれど、なぜ自分の体が反応するのかは理由も知らないままだった。

「丸くてかわいらしい乳房だな。体つきは小柄なのに、ここはふっくらして、女の体をしている。俺を誘うためだろう?」

「クリス、クリス……」

もう、限界だと思った。

彼が何か言うたび、彼が肌に口づけるたび、いちばん触れてほしい部分がせつなく凝っていく。

「どうした？　何か言いたいことがあるなら、ちゃんと言ってくれないとわからないよ」

「……っ、そ、そこも……してくださ……」

そこ、と曖昧な言い方をしたところで、指で示すこともできず、かといってはっきりと言葉にするのは恥ずかしい。

「それじゃわからない。リジー、俺にどうしてほしい？」

彼の唇が肌に触れるたび、エリザベスの体がびくっと震える。やわらかな口づけも、濡れた舌先も、心地よくてたまらない。それでも、ほしいのはそこではないのだ。

「い……いじわる……っ、しないで……」

涙目で懇願したものの、彼は軽く首を傾げる。銀色の髪が、さらりと揺れた。

「リジーが楽しみにしてくれていたのは、どこをどうされることなんだろうな。さあ、あなたは俺にどうされたくて、この寝室へ夜這いに来たのか聞かせてくれ」

胸の谷間に鼻先を埋め、クリスティアンがふう、と息を吐く。熱い吐息に、腰が跳ねた。

――言えない、そんなこと言えないわ……！

目を閉じて、顔を背けるしかできない。

けれど、彼は許してくれなかった。

「教えてくれないなら、いつまでも胸の周りだけをかわいがっていようか。手も使えないし、俺にできるのはこれくらいだ」

「や……」

唇さえ使えるのなら、欲している場所への愛撫は不可能ではない。それすらも、クリスティアンは知っていて焦らしている。

「いや？　俺に舐められるのは嫌なのか？」

赤い舌が、艶冶に揺らめく。

尖らせた舌先が、つうと白い胸の谷間を縦になぞった。唾液が残したあえかな道筋が、空気に触れるとひどく冷たい。

「嫌ではありません。で、ですが、もっと……」

「もっと？」

いまや、胸だけではなく脚の間にももどかしさがこみ上げている。きつく閉じあわせてはいるものの、エリザベスの体は甘く蕩けてしとどに濡れていた。

「もっと……き、気持ちいいところを……」

「気持ちいいところ、ね」

つないだ手はそのままに、クリスティアンがぐっと上半身を持ち上げる。そして——

「ああ、リジーの乳首がひどく赤くなってきているな。もしかして、あなたがしてほしいのはここのことかい？」

「っっ……、そ……そう……です……っ」

熟した果実のように頬を染め、今にも消えそうな声でエリザベスが答える。

——お願い、そこを感じさせて。もう、おかしくなってしまいそう……！

「かわいそうに、こんなに張り詰めて。いきなり舐めたら、感じすぎておかしくなってしまうかもしれないほどだ」

少し離れた場所から、クリスティアンがふうー、と細く長い息を吹きかけてくる。すると、そよ風程度の刺激でも、エリザベスは目を瞠った。

「ひぅ……っ！」

足りない。これでは、もどかしさが募るばかりだ。

「どう？」

「や……、もっとぉ……」

「おやおや、ほしがりのかわいい奥さまじゃないか。だったら、こう？」

彼がゆっくりと顔を胸に近づける。

触れるか触れないかの距離に、心臓が壊れそうなほどに早鐘を打つ。色づいた先端は、はしたないほどに屹立し、彼の唇を待っていた。

しかし、彼はすいっと顔の向きをずらし、左胸の側面に唇を押し当ててしまう。

「あっ……、い、いじわる……っ」

「だったら言うんだ。俺に、どこを舐めてほしい？　どこにキスされたい？　リジー、その可憐な唇で言ってごらん」

　大きな目に涙をためて、エリザベスは葛藤していた。そんな単語を口に出すのは、王女として育てられた彼女にとって生まれて初めてのことである。だが、それほど恥じらうようなことだろうか。体の部位を口にするだけの話だ。別に、悪いことをしているわけではない。そもそも、彼は何度もすでにそこにキスしたことがあるわけで――

「……に、キスを……」

「聞こえないよ」

「ち……っ……くび、に、キスしてください……！」

　絞り出した声が、自分で思っていた以上に大きく響く。恥ずかしくて死んでしまうのではないかと思ったけれど、そんなことはない。それどころか、一度言ってしまえば心をせき止める箍（たが）のようなものが壊れてしまった気がする。

「クリスにしてほしいんです。さっきのように、たくさん舐めて、いやらしくて気持ちいいこと、してください……」

　細い腰を左右に揺らし、それにあわせて乳房が震える。涙目の懇願に、クリスティアンが「ああ」と小さくうめいた。

「俺に、あなたの乳首を舐めろと言うんだな」

「そうです。わたしは……クリスにキスされたくて、舐められたくて、おかしくなりそうなんです」

「よく言えた。ご褒美だよ」

形良い唇が、ぱくりと左胸の先端を口に含む。焦らされる時間の長さに比べて、それはあまりに一瞬の出来事だった。

「……っ、あ、ああっ……！」

求めていた快楽に、エリザベスの体が弓なりになる。腰から背骨を伝い、脳天まで駆け上がる鮮烈な快感。つないだ手に、爪を立てて。

――吸われているわ。わたし、クリスに胸を……！

ちゅう、と音を立てて感じやすい部分を吸うクリスティアンが、そのまま舌先を躍らせる。

すると、この上はないと思っていた逸楽がさらに階段をのぼった。

「あっ、あ、ああ……！　いや、おかしくなっちゃう……！」

「この程度で？　まだ序の口だというのに」

「だって、だって……」

「リジーの体は、ほんとうに素直だ。俺にキスされたとたん、嬉しそうにここがぴくぴく震えているよ」

舌先で見せつけるように乳首を舐め、クリスティアンが上目遣いにこちらを見つめてくる。その視線に、エリザベスは頭がぼうっとしてきた。

「もっとしてほしい？」

「は、はぃ……」

「でも、手をつないでいたら片方ずつしかかわいがってあげられないな」

「……これは、クリスが……」

「リジーがいい子にして、声を我慢しないって約束してくれたら、あなたの感じるところを一度に愛してあげられる。わかるかい？」

愛してあげられる——

好きの言葉もくれないのに、彼は自分を愛してくれると言う。エリザベスにとって、今はそれが唯一のすがるべき期待だった。

政略結婚に、最初から愛などありはしない。両親とて、国と国の取り決めで結婚したのだ。それでも、今は幸せそうなふたり。

——最初は違ってもいいの。体だけでもいいの。だから、どうか……

エリザベスは、小さく頷いた。

すると、クリスティアンがゆっくり握っていた手を開く。離れていく熱い手のひらが恋しくて、一瞬だけその手にすがってしまいそうになったけれど、エリザベスはそれを懸命にこらえた。

「俺は、リジーの声を聞きたい。俺に抱かれて女になるあなたのすべてを知っていたい。だから、恥ずかしいことだなんて思わないでくれ。俺にすべてを――与えてくれるね？」

「……はい、クリス。あなたの望むままに」

自由になった両手は、体の脇におろす。敷布にきゅっと爪を食い込ませ、エリザベスは顎を引いた。

胸の谷間から、徐々に彼の唇が臍近くまで移動していく。それに合わせ、脇腹を撫でていた手が胸へと近づいてくる。どちらも、直接的な性感帯ではないのだが、全身が小刻みに震えるのを止められない。

期待と予感。

震えているのは、体ではなく心のほうなのだろう。

「……ん、そこは……っ」

下腹部へと到達したクリスティアンの唇は、迷うことなく脚の間へ向かった。そして、舌先がエリザベスの亀裂に差し掛かるのと同時に、いたずらな指先が左右の胸の先端をつまみ上げる。

「ひぅ……っ、ん！」

敏感な部分を同時に三箇所攻められて、敷布に食い込む指先に力がこもった。

「お口でなんて……あ、あっ、駄目、汚い……っ」

「汚くなんかない。リジー、あなたの体はどこもかしこもきれいだ。ほら、こうして——」

亀裂を縦になぞる舌が、きゅっと先端を尖らせて小さく疼く花芽をつつく。

「あっ、あ、ああ！」

舌の動きに合わせて、嬌声があがった。腰はがくがくと揺れ、まるで彼の舌による愛戯を急かしているように見える。

「こちらにばかり集中していると、胸をどうされても知らないぞ」

宣言どおり、長く美しい指が乳首を根元からきゅうと締めつける。痛みと快感のぎりぎりの狭間で、エリザベスは陸に打ち上げられた魚のように体をしならせた。

——こんな……同時に感じさせられたら、わたし……

眼前がチカチカと白い光でぼやけていく。涙がにじんでいるせいかと思ったが、それだけではない。

「どんどん硬くなってくる。リジーは、ここがイイんだね」

「ゃ……あ、あっ、クリス、クリス……」

花芽の円周を舌でなぞり、クリスティアンがぴちゃぴちゃと音を立てて舐める。胸をあやされながらの口淫は、慣れない体を一気に快楽の果てへ連れ去ろうとしていた。

蜜口はきゅうとすぼまり、おびただしいほどに濡れている。それでもなお、あとからあとから媚蜜はあふれ、臀部(でんぶ)までしたたってしまう。

「一度達してしまったほうが、緊張もほぐれる。リジー、このままイッてごらん」

「駄目、そんな、一度にそんなに……あっ、あ、やぁ……んっ」

胸の頂をこりこりと指腹でこすられ、花芽を舌で舐られ、エリザベスは息もできないくらいに快楽に翻弄されていた。

「怖がることはない。今、あなたを感じさせているのは俺だ。あなたの夫が、この体を愛でている」

初恋の、最愛の男性。その人の指で、舌で、エリザベスは悦びの果てへと導かれているのだ。

「そろそろイキそうだな。ぷっくり膨らんで、こんなに充血しているよ。かわいすぎて食べてしまいたくなる――」

舌で愛するだけでは飽き足らず、クリスティアンがエリザベスの敏感な部分に唇を押し当てた。

「ひっ……あ、あっ……！　嘘、吸わないで、いやぁ……っ」

ちゅ、ちゅっと彼が花芽を優しく吸う。その刺激に、体のなかから神経がきゅうっと引き絞られる気がした。

四肢が強張り、腰が浮く。それでもなお、クリスティアンは逃してくれない。それどころか、吸うだけに留まらず、舌先でもそこをいじめるのだ。

「おかしくなっちゃう……！　ああ、駄目、駄目です、クリス……っ」

「もっとおかしくなりなさい。あなたはもう、俺のものなのだから」

ひときわ強く、つぶらな突起が吸い上げられる。

「は……あ、あっ、あぁぁ……っ！」

全身が激しく痙攣し、細い手首の内側に血管が浮いて。エリザベスは、ぐったりと寝台に沈み込んだ。

「何……これは……どうして……あっ、あ、ゃぁ……ん……」

達したばかりの彼女を慮ってか、クリスティアンは感じやすい部分への刺激をやめ、そっとエリザベスの太腿を撫でた。

「これが、達するということだよ。あなたは今、俺に愛されてイッたんだ」

「た……っする、いく……？」

とろんとした瞳に、美しい人の微笑みが映る。彼が満足げに頷いてくれるのを見て、エリザベスも自然と笑顔になった。

「クリスティアンさま……、これでわたし、あなたの……」

——ほんとうの妻になれたのですか？

言外の質問に、クリスティアンが「ごめん、そうじゃない」と首を横に振る。

「夫婦になるのは、この先だよ。リジーのなかに俺のものを突き入れて、子種を注ぐんだ。わかるかい？」

「……は、はい」

激しい緊張ののちに弛緩した体は、まだ力が入らない。

「もっと、慣らしてあげたかったんだけど――悪い。もう俺のほうが我慢の限界だ」

「え……？」

いつ、彼はトラウザーズを脱いだのだろう。エリザベスの両脚を左右に開き、クリスティアンがその間に腰を埋めてくる。

「クリス、そ、それは……」

美貌の聖騎士にはそぐわない、ひどく生々しい性の昂ぶりが、彼の下腹部に屹立していた。

男のものを目の当たりにし、エリザベスは息を呑む。

「これをあなたに挿れるんだ。そして、俺たちはほんとうの夫婦になる。もう誰も、あなたのなかに入れないように、俺だけの形にしなくてはいけない、リジー」

先ほどの佚楽が、まだ全身に残っている。彼の言っていることを理解しているつもりだが、どこまでが現実かわからない程度に。

――こんな、大きなものを……？

脈が浮いた雄槍は、先端に透明な雫をたたえている。それが子種なのだろうか。

「リジー？　無理そうなら、今夜はここでやめても――」

「いいえ！　ください。クリスティアンさまのすべてを、どうかわたしに与えてください」

彼が中断を提案しようとしたのを察して、エリザベスは反射的にそう答えていた。本心から、彼の妻になりたいと望んでいる。想いを伝えた今ならば、彼を求めても許されると信じたい。

銀の前髪がさらさらと揺れ、彼がわずかにうつむいた。

「……まあ、怖いと言われても抱くつもりではいたんだが」

小さな声でそう言って、クリスティアンが互いの腰を近づける。

「え……？　クリスティアンさま、今、なんとおっしゃったの？」

「さっきから、あなたはまた俺のことを他人行儀に呼んでいるな。だから、これはお仕置きだと言ったんだよ」

柔肉を割って、彼の切っ先がエリザベスに密着した。

「っっ……、あ、あっ、ごめんなさい、クリス……」

「いいや、許さない。こうして、俺のものであなたを女にするまでは、許してやらない」

落ち着きかけた快楽が、彼の熱でまたあふれはじめた。激しく張り詰めたものが、蜜口に押し当てられている。その先端を、ぐり、と回されて、エリザベスは小さく声をあげた。

「クリス……、あ、わ、わたし……」

「達したばかりで狭くなっているだろうから、苦しいかもしれない。だが、もう待てないよ。あなたの体で俺を鎮めてくれ」

大きく割られた脚の間に、ゆっくりと彼の腰が沈んでいく。蜜口にめり込む楔（くさび）が、エリザベスの華奢な体を内側から押し広げようとしていた。

「ああ……、こんなに濡らしておいても、リジーのなかはとても小さいんだな」

彼の劣情を受け入れるには、エリザベスの細腰はあまりに頼りない。大きな両手が彼女の腰骨のあたりをつかんで、じりじりと内部が埋め尽くされていく。

「ご……ごめんなさい、わたし……」

「なぜ謝るんだ？」

「だって、わたしの……なかが小さいせいで、クリスがおつらいのではないかと思って……」

ぎゅっと目を閉じてそう言うと、顔のすぐそばでかすかな笑い声が聞こえた。

「なかが小さいとか狭いというのは、とても気持ちがいいという意味だよ」

「そっ……そう……なのですか？」

目を開けた瞬間、唇に軽いキスが触れる。

「そうだ。あなたが締めつけてくれるほどに、俺は悦（よ）くなる。だが、初めてのリジーには痛い思いをさせてしまうかもしれない」

「いいんです。そんなこと」

痛くとも、苦しくとも、かまわない。

彼に喜んでもらえるのなら、それだけで幸せだと心から思える。

「まったく、あなたはなぜこんなに無垢なんだろうな。それに、俺のどこが良かったんだ。優しいふりに騙されて、こんな男の妻になってしまっただなんて、かわいくてかわいそうな、俺の花嫁──」

ぐぷ、と体の内側から音がする。

それと同時に、クリスティアンの楔が半分ほどエリザベスのなかに埋め込まれた。

「あ、あっ……！」

腰の奥を穿たれる痛みに、エリザベスはのどをそらす。

──痛い……！　だけど、これに耐えなくてはクリスの妻にはなれないんですもの。

「ほら、もう痛くて泣きそうになっているじゃないか。この華奢な体で俺を受け入れるのは、苦しいだろう？」

「いいえ、いいえ……。わたしは、幸せです。クリス……どうかやめないで……」

肌を重ね、心を重ねる。それこそが、夫婦になることなのならば、途中でやめられては困る。

「やめられるわけがない。──っ、く、あなたが思うより俺は……」

その続きは、荒い息にかき消されて聞こえなかった。体を裂かれるような痛みと、それを上回る愛の喜びに、エリザベスは敷布に爪を立てる。

すべらかな肌には汗がにじみ、表面はひどく冷たくなっていた。貧血を起こしたときに似ている。それなのに、体の内側だけがたまらなく熱い。

――クリスは、いつだって優しくて。あんなに穏やかで落ち着いた男性なのに、妻を抱くときには情熱的な姿を見せてくれるのね。

幸せだ、と思う。どれほどの痛みだろうと、耐えられないほどではないのだ。彼と一緒にいられない心の痛みに比べれば、体の痛みなどなんてことはない。

「そんなに歯を食いしばってはいけない。リジー、目を開けてごらん。そう、こっちを見て」

「は、はぃ……」

おそるおそる目を開けて、愛する夫のひたいにもうっすらと汗が光っているのがわかる。

「もう、全部入った。わかるか？　この奥まで、俺が届いているのが」

「んっ……、わ、わかります……」

自分の体のなかに、自分ではない存在が息づいている。それは、どくんどくんと脈を打ち、エリザベスの粘膜に包まれてなお、熱を放っているように思えた。

「これで……」

「残念だが、まだ終わりではないんだがな」

前髪をかき上げると、クリスティアンがふっと片頬に笑みを浮かべる。

「痛みはどうだ？」

「……い、痛くありません」

「嘘はよくない。神に誓った夫婦の間で、嘘をつくのは許されないだろう？」

聖職者でもある彼にそう言われては、言葉に詰まってしまうのも道理だ。

目尻を赤く染め、きゅっと唇を引き結んだエリザベスに、クリスティアンが優しく口づける。

「リジー」

舌先で、上唇をなぞられて。

「リジー、素直になっていいんだ。あなたは俺に、なんだってねだっていい。なんだって言っていい。なんだって、俺のものはあなたのものなのだから」

何度も何度も、乞うような甘い声で囁かれて。

「だから、リジー。痛いときには痛いと言ってくれ。あなたの泣き顔も、泣き声も、俺だけのものだろう?」

「クリス……」

だが。

先ほどまでの鮮烈な痛みが、彼のキスによって癒やされていく。痛くないとまでは言わないが、これは痛覚よりももっと別の何かだ。

「痛かった……のですが、今はその、痛いというのとは少し違っていて……」

「へえ? どう違うんだ」

まるで、何もかもお見通しの表情で彼が言う。

「クリスの入っているところが、ぴりぴりして、なんだかおかしいんです。体が、内側から勝

手に動くみたいな感じが……」

「それは、こういうことか？」

ぐい、と彼が腰を打ち付ける。

すでに最奥に達していたはずの楔が、そのさらに奥へと先端をめり込ませた。

「ひぅ……っ！」

衝撃は、脳天まで突き抜けていく。しかし、やはりそこにあるのは痛みだけではなかった。

「俺も感じていたよ。あなたのなかが、俺を締めつけるようにうねるのを……」

言いながら、クリスティアンが何度も何度も突き上げてくる。大きく開いた傘の根元が、儚い粘膜をこするたび、エリザベスの腰がびくびくと震えた。

慣れない体には、その質量が狂おしいまでにのしかかってくる。内からの刺激というのは、逃げ場がないものだ。

「わかるだろう？　俺が引き抜こうとすると、あなたはすがるように俺を引き止める。こうして奥へ突き上げれば、入り口をきゅうと締めて俺を閉じ込めようとする」

「そ……んな、わたし、そんなこと……」

「しているんだ。これが、夫婦の営みだからな。何度もあなたを突いて、ふたりで快楽を分け合おう」

つながる部分から、聞いたこともない蜜音が響く。耳をふさぎたくなるほどにはしたなく、それでいてクリスティアンが自分のなかにいることを確認させる甘く淫らなその音。

不規則な動きが、次第に一定の速度の抽挿へと変わっていく。

「ああ……、クリス、もう……おかしいの、わたし、おかしくなってしまいます……っ」

強く深奥を穿たれて、エリザベスは泣き声をあげた。

「だったら、俺にしがみつきなさい。そう、あなたの爪で俺の背に傷を残せばいい。今、俺があなたに傷をつけているのと同じように」

唇が、激しいキスで封じられる。

呼吸が苦しくて、エリザベスは溺れる人間のように手をさまよわせた。その指先が、彼の言葉どおりにクリスティアンの背に食い込む。互いの体を、きつくきつく抱きしめ合い、腰だけを動かす夫に、彼女もまた自然と合わせて体を揺らしていた。

「んぅ……ん、んっ……」

螺旋（らせん）を描くように、舌を絡められる。

それまでになかった、激しく吸いつく口づけに、エリザベスもたどたどしく応じて。

——駄目、キスされていると体の奥の感覚がいっそう強く感じられるわ。

全身に、彼の与える悦びが波紋のように広がっていく。腰から背へ、胸へ、腿へ、つま先へ、そして脳まで甘く犯し、クリスティアンが自身を刻みつける、その行為。

「くっ……優しくすると決めていたのに、どうして俺は……」

眉根を寄せたクリスティアンが、せつなげに目を閉じた。

「……んです」

エリザベスは、必死で彼の与える悦びの動きに追いつこうと、夫の体に抱きついている。

「いいんです、優しくなくたって……クリスが、ここにいてくれるだけで、わたしは嬉しいんです……ん、んんっ……」

クリスティアンの楔が、いっそう大きさを増す。激しく揺られながら、キスで奪われる吐息に、声も心も吸い取られていく。

――もう、何もわからない。上も下も右も左も、何もかもがクリスでいっぱい……

「そんなかわいいことばかり言って、俺を果てさせる魂胆か？」

少し冗談にも似た響きの声だったけれど、彼の言う意味を理解できないほど、エリザベスは初めての夜に溺れていた。

「あ……ぁ、あ、っ……も、壊れちゃう……っ」

「壊したりしない。俺だけの花嫁。あなたを――もっと、俺の色に染めたい……」

心まで叩きつけるようにして、クリスティアンがエリザベスを貫く。切っ先が、子宮口を押し上げて、深い部分で小刻みな動きを繰り返した。

「あっ……、そこ、やぁ……っ」

「奥がいいのか？」

「奥……？　んっ、ん、そこ、気持ちよくて……ふ、ああ、あっ……」

「ああ、俺もだよ。こんな気持ちになったのは初めてだ。リジー、いいか、注ぐよ……」

返事もできずにいると、彼は最奥をぐりぐりと抉るような抽挿で、ついに白濁を放った。体のもっとも深い部分に、熱い迸り（ほとばし）がしぶきをあげる。

――わたし……、これでクリスのほんとうの……

「まだだ。全部注ぐまで、抜いてやらないからな。もっと俺を搾り取ってくれ、リジー」

「クリス……」

つながる部分から、彼の放ったものがあふれてくる。それに構わず、クリスティアンはなおも腰を振った。

エリザベスが、意識を手放すまで。

エリザベスが、意識を手放しても――

◆　◆　◆

目が覚めると、エリザベスは夫の腕のなかにいた。裸のふたりに、カーテンの隙間から明るい日差しが降り注いでいる。

銀色の睫毛に見とれていると、クリスティアンが小さく「ん……」と声を漏らした。

なぜだろう。目を閉じていると、いつもより少しクリスティアンが幼く見える。美しさに違いはないのだが、不思議なものだ。

ふいに、下腹部に鈍い痛みを感じる。彼の腕のなかで、エリザベスはびくっと体をこわばらせた。

——そうだわ。わたし、昨晩……

腰の奥に、まだ彼の熱を受け入れた余韻が残っていた。異物感は消えることなく、彼の放った白濁が、腰を動かすとトロリとあふれてくる。

ところどころ、記憶は曖昧だ。それもそのはず、エリザベスが意識を手放しても、彼は行為を続けて彼女の覚醒を促した。一度では足らず、二度目の吐精を終えても、クリスティアンのものは激しく昂ぶっていたのが忘れられない。昨晩の情熱的なクリスティアンを思い出し、エリザベスはかあっと頬を赤らめた。

——あんなに求めてくださるだなんて、嬉しかった。わたしを、ほんとうの妻だと認めてくださったんだわ。

そして、彼は何度もエリザベスのなかに子種を注いでくれたのだ。

ついに初恋が成就した——と思ったものの、はて、とエリザベスは首を傾げる。すうすうと健やかな寝息を立てる夫は、エリザベスの告白を受け入れてくれた。しかし、彼がどう思っているかは、一切言葉に出していない。愛らしい、かわいい、美しい、と賞賛の言葉はくれたけれど、それはエリザベスの言った「好き」とは違う意味だ。

一瞬の心の翳り(かげ)を、愛らしい王女は即座に振り払う。

——いいえ、わたしたちの夫婦生活は、これから始まるんですもの。まだ、クリスがわたしを好きでなくても平気だわ。お父さまとお母さまのように、ずっとずっとおそばにいれば、いつかはきっと……

八歳のときに恋したエリザベスと違い、クリスティアンが自分と知り合ったのはつい先年である。それでも、彼はエリザベスとの文通で相談に乗ってくれた。彼女の、誰にも言えない恋を優しく見守ってくれた。

そして今。

こうして、ふたりだけの夜を過ごし、朝を迎えているのだ。

「……わたし、がんばります」

眠る夫の頬に、エリザベスはちゅっと唇をつけて、もう一度彼の胸に顔を埋めた。

◆　◆　◆

始まりがなんだったのか、今となっては思い出せない。そもそも、始まりと呼べるようなものなど最初からなかったのかもしれない。

クリスティアン・レイ・ジョゼモルン。

その名前をつけられたときに、きっと彼の人生が始まった。そして、そこに名前以上の意味などなかった。

クリスティアンは、己にも他人にも期待をしない性格だと、自分のことを分析していた。彼がどれほど望んだところで、違う両親のもとに産まれることはできなかったのと同じように、努力でどうにもならないことがこの世の中にはあるのだと考えていたからだ。

だが、それほど不満があるわけでもなく、じゅうぶんに恵まれた環境で育ってきた。ほしいものも、求めるものもなかった。しいて言うならば、自分に課した騎士として生きるという道だけが、彼の絶対だった。

——それが、どうしてこうなったんだろうか。

気がつけば、彼はここ最近いつもエリザベスのことを考えている。いや、考えているというよりもふとした瞬間に彼女の気配を感じるのだ。

そばにいるときや、同じ離宮内にいるときだけではなく、たとえば今のように勤務を終えて帰宅の途中。

「——聖騎士さま、ご帰宅前にどちらかに寄られますか？」

唐突に、部下でありクリスティアンの護衛でもある騎士に声をかけられ、クリスティアンはハッと顔をあげる。

気づけば、離宮への道とは違う方向へ馬を向けていた。

「いや、このまま城へ戻るつもりだ。私としたことが、ぼんやり考えごとに耽っていてね。声をかけてくれて助かったよ、ジョーイ」

その名を呼ぶと、人好きのする整った顔の青年が、嬉しそうに馬上で目を細める。

なぜ、自分はジョーイ・フェッセンデンを護衛に指名してしまったのだろうか。

エリザベスと親しい存在だと知っていたから、彼女の気持ちをわずかなりとも疑っていたから、ふたりが接する機会を持つことで、疑いが真実かどうかを見極めたい考えがあったのかもしれない。

普段は、クリスティアンが離宮を空けている間、ジョーイやほかの騎士たちが交代でエリザベスの護衛についている。偶然にも、今日は隊の会合があり、ジョーイはそちらに出席していた。そのため、クリスティアンの帰路に同行しているのだ。

本来、クリスティアンは剣技にも優れているため、新人騎士を護衛につける必要などない。

とはいえ、身分ある者が単独行動をすることを防止するのは、騎士団の任務のひとつである。部下の誰よりも、彼は強かった。

それを自分だけは不要だと断るわけにもいかなくて。

「ジョーイ、きみはエリザベスとは昔なじみなのだったね」

クリスティアンは、素知らぬふりを装ってジョーイに問いかける。

「はい、聖騎士さま。恐縮ながら、エリザベス王女とは、エランゼにおりましたころに面識がございました」

「彼女は、幼いころからよほど愛らしい少女だったのだろう。そばにいれば、心惹かれることもあったのでは？」

牽制の意味も込めて、そう問うた。

もっと大人の婉曲な尋ね方ができないわけではないのだが、同性の目から見てもなかなかに魅力的なジョーイが、自身の妻に懸想していたらと考えると、つい本音が漏れてしまう。

「まさか！　とんでもないです。オレは、あ、いえ、私は王女とはそういった関係ではありません」

「では、我が妻が魅力的な女性ではないと？」

「そうではなくてっ！　オレ――じゃなく、ああ、クソッ。私にとって、王女は女性ではないんですよ。魅力があるかどうかという話の前に、女性だと認識していないんです」

――あれほどまでに、愛らしい彼女を女性だと認識していない？

クリスティアンは、思わず目を瞠った。信じられないものを見るようなまなざしに、ジョーイが困ったように笑う。

「聖騎士さまからすれば、信じられない話かもしれませんが――私は、幼いころに初恋の相手と離れ離れになりました。そして、ひどく傷心していたときに、王女と、王女の弟君であられる王太子と知り合ったのです。まだほんの幼いころで、今となっては相手がどこにいるのかもわかりません」

「離れ離れというのは――」

「私は、幼少期のほとんどを祖父の家で過ごしました。父はまだ司祭として勉強中の身で、国内の様々な地域を回って、数多の人々に神の教えを説いていたものですから、体の弱かった私は旅に耐えられなかったのです」

ジョーイの語ることによれば、彼はとある孤児院でしばらく滞在した際に、そこに暮らしていた年上の少女に恋をしたのだという。

けれど。

体調をひどく崩したジョーイは、祖父の家にあずけられることとなり、その後彼女と再会することはなかった。両親に捨てられたと感じ、初恋の少女とも引き裂かれ、孤独に打ちひしがれていたジョーイに、エリザベスとその弟のパトリックは、実のきょうだいのように懐いてきたのだそうだ。

「――なので、オレからすると異性という感じではなく、家族に近いんです。それに……その、初恋の彼女によく似た人を、最近ジョゼモルンの酒場で見ました。まだ確かめてはいないのですが、あるいは本人ではないのかと思っていて」

「きみの恋が成就することを、祈りましょう」

「！　ありがとうございます、聖騎士さま！」

——なんだ、見た目によらず、ずいぶん誠実な男じゃないか。

そんなことを思ったクリスティアンではあったが、ジョーイがかつて名うてのプレイボーイだったことも調査済みだ。

果たして、彼の恋が実るかどうかはわからないが、とりあえずエリザベスにちょっかいをかける気はないと知り、心のうちで安堵する。

自分でも、情けないと思うくらい、クリスティアンはエリザベスに夢中になりはじめていた。彼女のやわらかな金髪が鼻先をくすぐるように、ふわりとエリザベスの香りを感じる瞬間がある。小柄な体を抱きしめた感触を腕が思い出すこともある。そのぬくもりを、やわらかさを、そしてまっすぐな紫色の瞳を思うと、なぜか胸の奥が熱くなるのだ。

彼女の初めてを奪ってから、もう数日が過ぎていた。あれ以来、クリスティアンはエリザベスを抱いていない。初夜からして、複数回も妻を抱いたのだ。一途なまなざしを向けてくるエリザベスとて、少しは自分に恐れをなしただろう。そう思うと、彼女にこれ以上無理をさせたくないと思う気持ちがある。

——これが結婚というのなら、俺が今まで考えていたのは、そもそも机上の空論でしかなかったということだ。

事情はあれど、ジョゼモルンの王族として生まれた身だ。いずれは、国が認める相手との結婚をしなければいけないとわかっていた。両親が夫婦ではない関係だったことや、妻がありながらほかの女性を手籠めにした父のことを考えると、結婚に夢を見ることなどできずに生きてきたのである。

父のようにはなりたくない。異母兄たちのように、妻がいながらこっそり遊ぶような男にもなりたくない。なまじ美しい顔に生まれたせいで、女性から声をかけられることは多かったけれど、クリスティアンは恋にうつつを抜かすこととは程遠い人生を歩んできた。

それが、エリザベスというひとりの女性によって、彼の考えが根底から覆されつつあるだなんて。

あの朝——妻を初めて抱いた翌朝、クリスティアンはエリザベスよりも先に目を覚ましていたが、じっと目を閉じていた。もしも目覚めた彼女が泣き出したら、と考えると、エリザベスをひとり寝台に残していくこともできず、かといって彼女を見つめているのさえ不安だった。

聖騎士クリスティアンに恋をした少女は、きっとエリザベスのほかにもいくらでもいたのだろう。そのすべてを知るわけではないし、自身が女性に好まれる外見であることを自慢したいわけでもない。ただ、彼の見た目や肩書きに心酔する少女が、現実の痛みを伴う行為によって、クリスティアンに幻滅する姿を見たくなかった。

けれど。

エリザベスは、彼の頬にかわいらしい唇をこっそりと押し当て、また腕のなかにもぐりこんできたのである。

好きだと、愛していると。

その言葉には言葉以上の意味などなく、どんな愛情もいずれは色褪せるものだと考えていたクリスティアンの心に、彼女の純潔をもらうよりも強く、エリザベスのキスが残された。

頬に口づけるなんて、幼い子どもでもすることだ。妻だから特別な行為だというわけではない。それどころか、この世の多くの子どもたちは、生まれたときから両親に頬へのキスを与えられて生きてきたのだろう。

そこで、ふと彼は気づく。クリスティアンは、父からも母からも愛情のキスを受けたことがなかったのだ。

――だとしたら、あれがもしかして俺にとって初めての親愛のキスだったのかもしれないな。

餌付けされた動物のように、生まれて初めて親鳥を見た雛のように、自分はエリザベスを特別視している。

冷静になれ、と自分に言い聞かせなければいけない。すでに、彼女を想うだけで体がわずかに反応することを知っているからだ。

離宮へ帰れば、エリザベスが出迎えてくれる。彼女は嬉しそうに微笑んで、「おかえりなさい、クリス」と駆けてくるかもしれない。その華奢な体を抱きしめて、寝室へ連れ込むことは難しくないだろう。

だが、抱くことが愛情なのだろうか。

それは暴力にもなりうる行為だというのに、エリザベスは疑うことなく自分に微笑みかける。何も知らない彼女の優しさを、美しさを、儚さを、気高さを、抱きつくして奪うだなんて許されることではないと知りながら。

――それでも今、俺はリジーを抱きたくて仕方がない。

触れたい。口づけたい。抱きしめたい。

欲望は、果てというものを知らず、一度触れてしまえばこらえることが難しくなる。初夜からこちら、エリザベスを抱きたくてたまらないのは、蜜の味を知ってしまったせいだ。

「今日は、きみと話せてよかった」

離宮が近づき、クリスティアンはジョーイにそう言う。

「光栄です、聖騎士さま。お声をかけていただき、そのうえ我が恋の成就まで応援していただいたこと、絶対に忘れません」

「それほどのことではないだろうに」

彼女は、自分だけの妻だと再確認させてくれたことを、クリスティアンのほうこそひそかに感謝しているのだが。

――けれど、本気になりたくはない。恋に溺れるだなんて、俺には無理だ。

エリザベスのことしか考えられなくなってしまったなら、自分は今までの自分ではなくなってしまう。ほんとうは、手紙をやり取りしていたころから、彼女に心惹かれていたなんて認めるわけには――

自分こそ、エリザベスに言っていない秘密ばかりを抱えていながら、クリスティアンは丘の上に見えてきた離宮に、その窓のどこかに妻の姿を探すように目を向けた。

「……お出かけ、ですか？」

エリザベスは、目を瞬（しばた）かせて夫を見つめる。

その日は、朝から快晴だった。ジョゼモルンは温暖な気候の国――とはいえ、エリザベスの生まれ育ったエランゼと隣り合っているため、たいして気候に違いはないのだが、ここ数日は曇り空が続いていたので、久々の陽光に心地よい日である。

普段なら、朝から騎士服で勤務に向かうクリスティアンが、今日はフロックコートにクラヴァット姿で朝食堂に姿を見せた。

「はい。リジーがよろしければ、あなたをお連れしたいところがあるのです」

やわらかな朝の光に包まれて、クリスティアンはいつにもまして美しく見える。

「まあ、クリスのお誘いでしたら喜んで参ります」

結婚からこちら、離宮で暮らすようになったエリザベスは、王女時代とは違って自由に外出ができるようになった。だが、だからといって毎日遊び歩いているということもなく、たいていの時間を城のなかで過ごしている。

古い離宮で、エリザベスのいちばんのお気に入りは書庫だ。幼いころ、ジョーイの母親が司書をしていた書物庫に入り浸っていたせいか、エリザベスは書物と馴染みが深い。

それもあって、クリスティアンが仕事に行っている間は、書庫で本を見繕ってはティールームで読書をすることが多かった。

最近は、歴史書を愛読している。隣国に生まれ育ったとはいえ、エリザベスはジョゼモルンのことをあまり知らなかったと、思い知らされる内容が多く書かれていて、読み始めるととまらないのだ。

特に興味を抱いたのは、かつてこの国の要だったウラインという街のことである。

ウラインは、現代のジョゼモルン王国民ですら知らない者も多い、滅びた街。大陸の和平が保たれる以前の時代に、聖地を奪い合う戦争で街の人々は土地を離れたのだという。

それから百年以上ものときが過ぎ、民家はなくなった。しかし、今でもまだかつてのウラインの地に、古い聖堂が残っている——

そう。エリザベスの予定など、歴史書の続きを読む程度なのである。

ほかはせいぜい、レクシーが週に一度か二度、寝室での作法について——という名目で、お茶を飲みにやってくる。実際、レクシーの助言があってこそ、クリスティアンと結ばれた面もあるので、彼女には感謝している。

「では、食事を終えたら準備をお願いします。少し遠出しますので、馬車を手配しておきましょう」

「わかりました。どちらへ行くのですか？」

「それは秘密ですよ」

唇の前に人差し指を立て、クリスティアンがふふっと笑う。

——ああ、なんて幸せなのかしら。

彼の笑顔を見られるだけで、エリザベスは天にも昇る心地がする。

初夜以来、クリスティアンはエリザベスに積極的に触れてこようとはしない。エリザベスも、夜這いもどきに励むのはやめ、夜はおとなしく自分の寝室で眠るようにしている。

なにしろ、ふたりは真実の夫婦になったのだから、これからは夫が求めてくれるときには、彼がエリザベスの寝室を訪れてくれる——おそらくは。

——問題は、その訪れがいまだにないことなのだけど……

一夜かぎりの夫婦の契りなわけもあるまいし、彼の都合がつけばきっとまた、あのすばらしい時間をふたりで共有することができるはずだ。エリザベスは、そう自分に言い聞かせて過ごしていた。

けれど、あの夜激しかったはずのクリスティアンは、以降めっきり鳴りを潜めている。いつも穏やかに微笑み、結婚直後と変わらない優しさで接してくれる夫に、不満があるわけではない。

ほんの少し。

彼ともっと一緒に過ごせたらいいのに、と願ってしまう、よくばりな自分。

そんなエリザベスの気持ちを知ってか知らずか、クリスティアンが外出に誘ってくれたのだ。

──ドレスはどれを着ていこうかしら。先日、お義兄(にい)さまのお誕生日のお祝いに着たものを流用するのはよくないでしょうし……

果実をフォークに刺したまま、口へ運ぶのも忘れて悩む新妻を、クリスティアンが目を細めて見つめていただなんて彼女は気づいてもいなかった。

馬車に揺られること、半刻ほどだろうか。

中央地区から南へ進んだ先、広がる野原の緑が目に痛いほど鮮やかだ。人の手が入っていない、自然の草木というものをエリザベスはあまり近くで見たことがない。遠目に見る美しい景色とは違って、草いきれを感じる距離に馬車のなかから目を瞠る。

「クリス、草の香りがします！」

「ええ、そうですね。私はリジーの香りのほうが好きですが……」

そのうちに、ひとつだけぽつんと背の高い建物が見えてきた。中央に尖塔のあるそれは、聖堂のような造りに見えるが、あんな何もないところに聖堂を建てるものだろうか。

——まさか……。だけど、もしかしたら……

彼女の予想どおり、向かった先は旧ウライン街だった。馬車が停まると、クリスティアンは先に降りてエリザベスに手を差し出してくれる。深みのある青のフロックコートを着た彼は、服装が違うだけで普段より輝いて見えた。無論、騎士服のときとてすばらしい夫であることに変わらないのだが。

馬車を降りるエリザベスは、長い睫毛をぱちぱちと瞬かせた。

「ここは……ウラインの聖堂、ですよね?」

旧ウラインの聖堂は、この国でもっとも古い歴史ある聖堂だった——と書物には書かれていた。

「あなたが読んでいた書物に、この旧聖堂のことが書いてあったでしょう」

「ご存じだったのですか?」

最近少し興味のあったウラインへ連れてきてもらったことよりも、クリスティアンが自分の読んでいる本を知っていたことに驚く。

彼は優しい。けれど、それは誰に対しても平等な優しさのように考えていたところもあったのだ。現にクリスティアンは、聖騎士として清く正しく生きている。そのせいか、彼の元来の性格によるものかはわからないが、離宮で働く使用人たちに対しても、決して横柄な態度をとることがない。エランゼから一緒に来た侍女のジュリエッタも、離宮内でのクリスティアンの評判の高さを語ってくれたほどだ。

誰にでも優しい人だからこそ、エリザベスの読んでいる本のことまで把握してくれている。その可能性はあるけれど——

「大切な妻のことは、なんでも知っておきたいのです。——なんて言ったら、あなたをご不快にしてしまうでしょうか?」

「まっ……まさか、そんなわけありません!」

かあっと頬を赤らめて、エリザベスは首を横に振った。

「それに、私も一応、聖職に就く身です。一度は、ウラインの旧聖堂を訪れてみたいと思っていました」

言われてみれば、そのとおりである。聖騎士であり、聖職者であるクリスティアンならば、古い聖堂に興味を持つのは当然のことだろう。

「同行させてくださり、ありがとうございます、クリス。あの、こうしてご一緒に外出することができて、とても嬉しいです」

青空。

広がる緑の絨毯。

大好きな人と一緒に、今日ここへ来られたことが、エリザベスにとっては何より嬉しい。それも、クリスティアンがエリザベスのことを考えて、選んでくれた場所だ。

「あなたに喜んでいただけて、私もとても嬉しいですよ。ただし、今日はまだ終わっていません。さあ、外から見るだけではなく、聖堂のなかを見てみたくはありませんか、リジー?」

「まあ！　ぜひ拝見したいです」

彼に手を引かれて、エリザベスは歴史ある聖堂へと足を踏み入れた。


古い建物には、独特の香りがある――のが、一般的な場合だ。しかし、ウラインの旧聖堂はそうではなかった。今は使われていない、古びた聖堂だとばかり思っていたが、重厚な扉が少々軋(きし)んだ程度で、なかは整備されている。

「ここは、歴史ある聖堂ですので、修復は毎年少しずつ続けられているのです。まだ、完全には終わっていませんが」

「そう……だったのですね……」

想像よりも状態の良い聖堂内に、エリザベスは興味津々で目を向けた。

頭上には、さぞ名のある画家が描いたものと思われる天井画が描かれ、天使が女神に捧(ささ)げ物を差し出している。宗教画には詳しくないけれど、首が痛くなるのも忘れて見上げてしまうほど、美しい絵だ。

正面の祭壇へ続く通路には、おそらく近年交換されたであろう絨毯が敷かれている。ところどころに木くずが落ちているのが、修復の途中だということを思い出させる。

通路の左右には、ずいぶんと古い黒ずんだ参列席が並んでいた。こちらは、まだ交換をしていないのだろう。もしかしたら、聖堂が建ったときに設置されたものが、そのまま置かれているのかもしれない。

そして、祭壇の奥の壁には光を取り入れるステンドグラスの大きな窓があった。色とりどりのガラスを通して差し込む光が、大きな祭壇を照らしている。

「――結婚式を、しましょうか」

唐突に、クリスティアンがそう言った。

「結婚式は、もうしました……よね？」

ふたりは、すでに神と王国民の前で将来を誓いあった仲だというのに、彼は何をしようとしているのだろうか。エリザベスは、戸惑いがちに首を傾げる。

「ええ、儀式としての結婚式はしました。ですが、ふたりだけの結婚式をしたくなったのです。そうですね、ごっこ遊びのようなものですよ。ふたりだけの結婚式ごっこです」

つないだ手が、じんと熱くなる気がした。

「……喜んで！」

古い聖堂の通路は、途端にバージンロードへ変わる。本来、夫と手をつないで歩く場所ではないけれど、これはこれで特別な感じがする。

ウェディングドレスではなくとも、愛する人と歩く道こそが正しいバージンロード――と思ったエリザベスだったが、自分がすでに男性を知っている体だと気づいて、気恥ずかしさにうつむいた。

「どうかされましたか、リジー？」

彼女の、ほんの少しの所作も見逃さず、クリスティアンが尋ねてくる。

「あ、あの……ここはバージンロードでしょう？　お遊びとはいえ、なんだかおこがましい気持ちがして……」

「気にされることはありません。あなたは、どんな純潔の聖女よりも清らかな女性ですから」

自身の純潔を捧げた相手からそう言われては、反論の言葉もなくなってしまう。

――でも、あの夜からクリスは一度もわたしを抱いてくださらないですよね？

そんな心の声に蓋をして、エリザベスは夫とふたりで祭壇の前に立った。

彼を初めて見た日から、結婚までずっとクリスティアンだけを一途に想って来た時間を考えれば、初夜から今日までの日数などまばたき程度の時間である。夫婦となったからには、これから先いくらでもふたりには時間が与えられている。

焦ることはない。ゆっくり進めばいい。

わかっているのに、それでもときどき、不安になる。

——きっと、わたしばかりがクリスに恋しているせいなのでしょうけれど。

「リジー、いえ、エリザベス」

「は、はい」

名を呼ばれて、エリザベスはぱっと顔を上げた。

そこには、誰よりも愛しい人が優しいまなざしでこちらを見つめている。

「あなたは、病めるときも、健やかなるときも、喜びのときも、悲しみのときも、富めるときも、貧しいときも、私を愛し、慈しみ、慰め、私が困難にあるときには助け、あなたの命ある限り、真心を尽くすと誓ってくださいますか？」

「はい、誓います」

高い天井によく響く、凛（りん）としたクリスティアンの問いかけに、エリザベスは微笑んで頷いた。

「私が何をしても、あなたは私を愛してくださると？」

「ええ、もちろんです、クリスティアンさま」

普段はクリスと呼ぶように言われているが、今は彼のほうが先にエリザベスと呼んだのだから、これが正しいはずだ。

「あなたは——」

大きな手が、左右からエリザベスの頬を包み込む。

「あなたは、なんて純粋なのでしょうね。こんないたいけで愛らしい花嫁を貰（もら）い受け、私は世界一の幸せな男ですよ」

ゆっくりと、彼の顔が近づいてくる。

それを感じて、エリザベスは目を閉じて背伸びをした。

結婚式のときには、唇へのキスはなかった。初めてのキスを期待して、エリザベスはひどく緊張していたけれど、彼は頬に口づけるに留めたのだ。

けれど、今日は違う。

クリスティアンの唇が、しっとりとエリザベスの唇に重なった。

閉じた瞼の裏側で、ステンドグラスを通過した色とりどりの光が踊っているような気がした。

——わたしのほうが幸せです……

唇を重ねたままでは、声に出せない。

エリザベスは、心の中でそうつぶやく。

たとえば、大国の王女と結婚できることを誇りに思うような男性にとって、エリザベスは結婚相手として優れた人材だろう。あるいは、エランゼ王国とのつながりを密にしたいと考える他国の王子にとっても、エリザベスは有用な存在だろう。

だが、騎士として生きることを決意し、王位にも無関係に生きるクリスティアンのために、自分はいったい何ができるというのか。

——クリスなら、もしかしたら政略と無関係に心から想う女性を娶ることだってできたはず

だわ。

それが、こうして自分を選んでくれた。どう考えても、彼より自分のほうがずっとずっと幸せで、クリスティアンには得になるようなことなど何もない。

「……これだけでは、少し物足りないですね」

ふっと離れた唇が、思いもよらないことを言う。クリスティアンのような大人の男性にとっては、結婚式ごっこなど楽しいものでもあるまい。

「ごめんなさい、わたしが……」

あなたを好きになったせいで――

言いかけた言葉を呑み込んだのは、彼との会話ではなく自分の心のなかでしかつながらない話題だったせいだ。

クリスティアンは、なぜか唐突に謝る妻に何も言わず、そっと彼女の体を抱き寄せ――いや、抱き上げた。

「えっ、あ、あの、クリス……⁉」

次の瞬間、エリザベスは、彼に抱かれたまま祭壇のある壇上へ連れていかれる。

結婚式を模して遊ぶというのなら、こちら側に立つのは新郎新婦ではなく聖職者だ。

だが、彼女の困惑をよそに、クリスティアンはエリザベスを祭壇のうえに座らせた。

「どうしたのですか?」

どうしたも、彼のしていることこそ「どうしたのですか？」と問いたいところだが、美しい夫は笑顔ひとつですべてをけむに巻く。

「だって、祭壇のうえに座るだなんて罰当たりです。下りなくては――」

けれど、思っていたよりも壇は高い。地面に届かない両脚をばたつかせると、クリスティアンがその足首をつかんだ。

そして、エリザベスが驚くよりも先に、彼はドレスの裾をめくりあげて、エリザベスの両脚をあらわにする。

「きゃあっ⁉」

たとえ、今は使われていない古い聖堂であろうとも、神前でこんな格好をするのは許されることではない。

「罰当たりですか？」

目を細め、微笑んだままでクリスティアンが問いかけた。

「ば、罰当たりです……！」

エリザベスが、頬を赤らめて唇を尖らせる。

「ですが、花嫁が花婿に全身全霊をかけて愛されるのは、誰もが知っていることです。婚前には純潔でいることを求められるのが世の常ですが、結婚した暁には子どもの誕生を望まれるのですよ。つまり、新郎新婦はこうして愛の営みをすることが正しいとされているのです」

靴下止めの金具を指先でいじり、クリスティアンが告げた言葉は、必ずしも間違ってはいない。だが、だからといって聖堂でこんな淫らな格好をすることを誰が――神が許すとも思えないのだ。

「――というのは、ただの詭弁でしょうね」

ふっと息を吐いて、彼が目を伏せる。

「神さまの見ている前で、あなたを愛でたいと私が思っているのです。ほかの誰がどう思おうと構いません。罰が当たるのならば、それはあなたではなく私がすべて負いましょう」

「クリス……」

せつなさに、胸がきゅうっと締めつけられた。彼が望んでいるのならば、なんだって差し出したい。それが、神に背く行為だとしても。

「……わ、わたしも、罪を負います。クリスだけのせいになんかさせません」

エリザベスは、愛する人の首に両腕を回して抱きついた。

――だって、彼に触れられたいと思っているのはわたしのほうですもの。

「それは、あなたを慈しんでもいいという意味ですね？」

キスでじゅうぶんに満たされたつもりでいたのに、彼の言葉で体に火が点る。

「は、はい」

「……ほんとうに、リジーは私の言っていることをおわかりなのか、ときどき不安になります」

それまでの笑みとは違い、彼の表情にわずかばかりの翳りが落ちた。

「あなたは私を好きになってくださったとおっしゃいました。けれど、欲深い私にはそれだけでは足りないのです。あなたを抱いてなお、まだ独占したいと願ってしまうのです。その意味が、おわかりですか？」

ならば、なぜあの夜以来、クリスティアンは自分を抱いてくれないのだろうか。

エリザベスは、寂しげに微笑む夫の手を両手でぎゅっと握った。

「……わたしは、あなたのものです。あなたのことだけを想っています」

「ありがとうございます。それは、私の提案を受け入れてくださったと思っていいでしょうか？」

「ですが……それはまた別のお話です。こういうことは、できれば帰ってから寝室で……」

「嫌です」

ぐいと両脚が左右に割られる。その間に、クリスティアンが体を割り込ませた。

「今すぐに、神の御前であなたの感じている顔を見たいのです。どうぞ、私の我儘を聞いてください」

懇願にも似た言葉に、心臓が大きく音を立てる。

「で、でも……」

どれほど罪深いことだろうと、彼とならば怖くない。今は使われていないといえど、ここは聖堂だった場所である。聖なる場所で、淫らな行為に耽るだなんて、以前のエリザベスには想像もできないことだった。

――だけど、今は違うわ。わたしは、クリスの激しさを知ってしまった。そして、何度だって彼に求められたいと願ってしまうんですもの。

「戸惑う姿も、愛らしいのですね」

ドレスの裾から忍び込んだ彼の手が、靴下止めをはずしてしまう。下着が脱がされ、彼の指が早くもあふれだした蜜に濡れた。

「おや、どうしたことでしょう。濡れていらっしゃるようですよ」

「や……ち、違うんです、それは……」

全身が、一瞬で熱くなった。彼に求められている、そう思っただけで、エリザベスの体はクリスティアンの与える快楽を思い出し、期待に濡れていたのである。

「違うのですね。では、これはあなたが感じているからあふれたものではなく、何か別のものなのでしょうか」

ほかに、いったい何が彼の指を濡らすのか。

あふれたものの正体は、言葉にせずともわかりきっている。

「っっ……そ、そんなふうに言わないでください。今日のクリスは、まだ昼間だというのにいじわるです！」

夜ならばいいということでもないのだが、いつだって彼がいじわるを言うのは日が落ちてからのことが多かった。

初めて体に触れられたときも。

初めて、彼に抱かれたときも――

「きっと、あなたが昼も夜もかわいすぎるせいですよ」

指先を濡らすものを、彼がぺろりと舐める。赤い舌が淫靡に蠢く姿を前に、エリザベスの背をぞくぞくと甘い痺れが駆け上がった。

――もう……拒めない……

そんな妻の心を察したのか、クリスティアンが再度脚の間に指を這わせる。

「ん……っ……ぁ、あ……」

びくびくと腰を震わせ、エリザベスは必死に声をこらえようとした。

「ああ、先ほどよりいっそう濡れてしまわれたようです。あなたのここは、ずいぶんと敏感になっていらっしゃる。リジー、入り口がひくついているのがわかりますね」

蜜口をなぞる指先を誘うように、そこはいやらしく開閉を繰り返している。

「クリス……に、触れられると……わたし……」

「触れられるだけでよろしいのですか？」

耳朶を舐めるほど唇を寄せ、彼が甘く問いかけた。

いわく、悪魔は天使よりも美しいそうだ。だからこそ、人間は神の教えに背いて悪魔の誘惑に負けてしまう。誰よりも美しいクリスティアンのことを、エリザベスは天使のように思ってきたけれど、彼の美はもしや——

「なかを指で撫でられれば、もっと悦くなれるとあなたはご存じでしょう？　ここに、私の指を挿入し、何度も何度もリジーがイくまで動かすのですよ」

実際にされているわけでもないのに、彼に言葉で説明されただけで、エリザベスの粘膜が反応する。

「ぁ……あ、あっ……」

「おやおや、まだ挿れてもいないのに、リジーはずいぶんかわいらしい声で鳴いてくださるんですね」

つ、と親指が蠢き、敏感になった花芽にかすめた。

「ひぅ……っ！」

「失礼。こちらも感じやすいのでしたか。指が当たってしまったようです」

お詫びに、と言ってクリスティアンが指腹で花芽を転がす。周囲を揉みほぐすような動きで、包皮が剥かれてしまった。

「やぁ……っ……、クリス、そこは……あっ、ああっ」

「まだ慣れないお体ですし、なかよりもこちらのほうが感じますか？　それとも、両方一緒にいじってさしあげたら、どうなってしまうのでしょう」

にゅぷ、と蜜口に二本の指が差し込まれる。同時に、親指は花芽を撫で回していて。

「っっ……、ひ、ぁぁ、あ——ん！」

白い喉をそらし、エリザベスはそれだけで達してしまった。

「ずいぶん締めつけてくださいますね。これは——リジー、正直に仰ってください。指を挿入されただけで、達してしまわれたのですか？」

食いしめた長い指の感触が、彼の劣情で突き上げられたときを思い出させる。達したと知っていながら、彼はまだ花芽をいじるのをやめてくれない。

「た、達してしまいました……。だから、もう……」

「素直で愛らしい花嫁を、神にも自慢させていただきましょう。挿れるだけでこんなに感じてくださるのですから、指を動かしたらもっと悦い声を聞かせてくださるに違いありません」

「や、いや、クリス、駄目……っ……」

か弱い粘膜を押し広げ、彼の指が根元まで突き入れられる。すぐさま引き抜かれ、また奥までねじ込まれて、エリザベスの蜜口があふれたしずくを祭壇にしたたらせた。

「それとも、何度連続で達することができるか、数えてみましょうか。ふふ、楽しいですね、リジー」

極上の笑みを浮かべた夫が、指だけでエリザベスを翻弄する。

「ああ、あっ、いや、いや……っ……」

「いやではないでしょう。感じているあなたは、とても美しいですよ」

「気持ちよくて……おかしくな……あ、あっ……」

「何も悪いことではありませんよ。果てる顔を、どうか私に見せてください」

達したばかりだというのに、彼のたくみな指がエリザベスをまた、果てへと追い立てる。

「ひ、ひとりでこんな……」

自分だけが感じているのが、恥ずかしい。彼は冷静に、エリザベスを狂わせてしまう。

「ひとりではありません。私の指で、あなたは達しているんですから」

「……クリス、クリス、お願いです。キスを……」

せがむ声に、クリスティアンが息を呑む。

「——では、好きだと言ってください。そうしたら、キスしてさしあげます」

彼を想う気持ちを口にすることは、ずっと禁じられていた。それが、今では夫に「好きだと言って」と言われるだなんて、結婚とはなんとすばらしいものだろう。

「好き……、クリスのことが大好きです。心から……あっ、あ、あああ、あなただけ、好き……っ」

「もっと言って、リジー」

「好きぃ……んっ、ん、ふ……」

激しいキスに唇が塞がれると、二度目の果てはすぐに訪れた。

それでもまだ、彼は許してくれない。三度、四度と達しても、クリスティアンは蜜でふやけた指を動かし続ける。

「――いっそ、おかしくなってください。そして、すべてを私に明かしてくださっていいのですよ。あなたのすべてを、あなたの――」

朦朧（もうろう）とした状態で、エリザベスは腰を揺らした。自分から、彼の与える快楽をいっそう強く感じられるように――

第五章　聖騎士さまの淫らな純愛

ふう、と長いため息をつく。

あたたかな日差しが、中庭に咲き誇る花々を輝かせていた。エリザベスは、その中央にある大理石の四阿(あずまや)に腰を下ろし、湯気の立つティーカップを見つめる。

――結局、ウラインの聖堂でもクリスは最後までしてくださらなかったわ。

初夜を滞りなく済ませたと思っていたのは、もしかしたら自分だけなのではないだろうか。そうでなければ、あれ以来彼がエリザベスを抱かない理由がわからない。

それとも、思っていたよりも自分の体がクリスティアンを満足させられなかったのだろうか。初めてのエリザベスには、彼を喜ばせる方法もろくにわからなかった。そのせいで、夫が物足りなさを覚えているのだとしたら――

「王女さま、そんなに浮かない顔をして、いったいどうなさったの?」

「あ……、ごめんなさい。ちょっとぼんやりしてしまって」

今日のティータイムは、レクシーが同席している。それすらも忘れ、ひとりの世界に入り込んでしまっていた。寝室作法の相談役といえど、彼女は客人である。

「ずいぶんと悩ましいため息だったわ。もしかしたら、あちらのことで何かお悩みかしら？」

あちらと、言葉を濁したのは、レクシーの配慮にほかならない。だが、それがいっそう淫靡に聞こえるのは、それを口にしたのがレクシーだからだろう。

「悩みと言うか、うまく説明できないのです。レクシーは、昔からその……女性的な魅力に満ちたタイプでしたか？」

色香漂う彼女を前にしていると、自分が女性として不十分なのではないかと不安になる。まして、レクシーはクリスティアンの縁者なのだ。昔から親しくしているのだとしたら、クリスティアンは彼女に魅了されたりはしなかったのだろうか。

「あら、何かと思えば」

ふふ、とレクシーが艶冶な笑みを漏らす。

彼女は、いつ訪れるときにも優雅で大人びた装いをしている。今日も、艶やかな黒髪を結い上げて、白いうなじを覗かせていた。

「どちらかといえば、昔からこうだったのだとは思いますわ。まだ純情だった時期に、殿方に誘われていささか戸惑ったこともありますもの」

「まあ……！」

言われてみれば、レクシーとて少女だった時期があるのだ。そのころも、今と同じく魅力的な女性だったとしたら、彼女はきっと申し込んでくる男性たちをかわすのに苦労したに違いない。

「ですが、簡単に寄ってくる殿方というものは、簡単に離れていく方でもありますの。真実のお相手ともなれば、多少の困難があって当然です」

「それは……レクシーのようにすてきな女性でも、恋の苦労があったのでしょうか」

「もちろん、ございましたわ」

手入れの行き届いた美しい爪で、レクシーがビスケットをひとつつまみあげる。

彼女の語る独身時代の舞踏会での出来事は、エリザベスにすればずいぶんと刺激的な話題だった。男女の駆け引きとは、それほど高度な心理戦なのか、と目を瞠ることもある。

ひとしきりレクシーが過去の困った話や、おもしろかった話を披露してくれたのち、彼女は自然に矛先を変えた。

「では、次は王女さまのお悩みについてお聞かせくださる?」

「わ、わたしの悩みは――」

逡巡(しゅんじゅん)を振り切って、エリザベスは口を開く。なにせ、レクシーはエリザベスにとっては特別講師のような存在だ。状況をきちんと伝えなければ、適切な対処方法について相談することもできまい。

初夜と、それ以降の夫との距離。先日の外出先での淫らな行為と、その後も夜になるとエリザベスだけを高めて終わる愛撫について、たどたどしくも懸命に語る。無論、あけすけな言い方はできない。そこは、王女として育てられたエリザベスなりに、精一杯の言葉を選んだ。

「――つまり、クリスティアンはあなたに夢中ということかしら」

「えっ……!? レクシー、今の話からなぜそうなるんです？」

大人の微笑で肩をすくめるレクシーに、思わず声も大きくなる。

「だって、おふたりのかわいらしいお話を聞いているかぎり、あなたの旦那さまは新妻に夢中だとしか思えないんですもの」

――夢中だったら、もっと求めるものではないの？

あるいは、エリザベスが考えるほど、男性の性愛についての意識は単純ではないのだろうか。好きだから、彼に触れたい。触れられたい。そばにいれば、もっと近づきたくなる。その先に、彼に抱かれたいという思いがあることを、エリザベスはもう知っていた。

だが、クリスティアンにとって、夫婦の営みは違う意味を持つと……？

「誤解なさらないでくださいな。エリザベスさま、あなたの旦那さまって、あなたより年上だけれどほんとうの恋を知らなかったのだと思いますわ」

「そ……そうでしょうか……」

いつも優しく、ときどきいじわるで、だけどやはり誠実なクリスティアン。彼が意地っ張りだなんて、考えたこともなかった。

——クリスが、ほんとうの恋を知らない……？

もし、そうだとしたら。

彼の心の扉を開くためには、どうしたらいいのだろう。そして、心に引っかかるのは、レクシーがあまりにクリスティアンに詳しすぎることだった。クリスティアンからは、レクシーとそういった関係ではないことをきちんと説明されている。それどころか、子分のような扱いだったという冗談にも思える話さえ聞いていた。

——ほんとうは、知りたい気持ちもあるの。

正妃の息子ではないと言った、彼の少年時代。クリスティアンが王と王妃の間に生まれたのではないとしても、エリザベスには関係ない。気になるのはその点ではなく、彼が王妃の子でないがゆえに、幼いころに苦労したのではないだろうかということだ。

今でこそ、立派な大人の男性であるクリスティアンにも、まだ幼い時分はあって。そのとき、彼はどう過ごしていたのだろうか。周囲からつらく当たられはしなかっただろうか。クリスティアンは、幸せな時間を過ごしていたのだろうか。

彼のことに詳しいレクシーならば、聞けば教えてくれるかもしれない。だが、クリスティアンが話してくれるのを待つべきだと、エリザベスにもわかっている。

それは、誰かから聞く話ではないのだ。

彼から聞かなければいけない話なのだ。

だから、エリザベスは、レクシーに微笑みかけた。

「よろしかったら、レクシーと旦那さまの出会いについてお聞かせいただけますか？」

「あら、王女さまったら、そんなことにご興味がおあり？」

ふふっと笑うレクシーが、少女のような表情を見せる。艶然たる美女とて、少女時代があった。そして、恋をして結婚をして、今は母となったのである。

「夫と初めて会ったのは——」

幸せそうに語るレクシーを見つめて、エリザベスは何度も頷いた。誰かの幸せを見つめているというのは、自身の幸せに勝るとも劣らない喜びだ。

レクシーは、夫と子どもたちを心から愛している。それが伝わってきて、同時に彼女の夫がレクシーを大切にしているのがわかった。

——ああ、レクシーもお母さまと同じく、愛される幸せを知っている女性なのだわ。

それこそが、エリザベスが求めていた幸せだった。かつて、そうありたいと願った。けれど、今はもっとほしいものを手に入れてしまったのである。恋い焦がれた初恋の聖騎士の妻となり、これ以上何を望むというのか。

——クリスに愛されたいだなんて、わたしはどんどんよくばりになってしまうみたい。

「ねえ、王女さま」

話題が途切れ、ティーカップの底が見えたころ、レクシーが優しく呼びかけてくる。

「どんな恋だって、あとになってみれば恥ずかしいことばかりだと思いますの。そのときは夢中で、必死で、悩むことばかりで、冷静でなんていられないもの。だから、王女さまは今の時期をたっぷり堪能なさってくださいね」

「は……はい……？」

レクシーの言っていることを正確に理解したかと問われれば、なんとも答えがたい。

しかし、二度と戻らない今を、クリスティアンとともに生きている。そのことだけは、エリザベスにもわかっていた。

もし、彼がほんとうの恋を知らないというのなら、その相手に自分はなれるだろうか。おこがましいかもしれないけれど、そうなりたいと願う気持ちが胸に生まれている。

「王女さまのその素直さが、きっとクリスティアンには眩しくて、美しいものだと思いますわ。――もちろん、わたくしにとっても」

エリザベスからすれば、レクシーの大人びた美しさこそが憧れだ。クリスティアンの凛としたまなざしこそが、眩しいものだ。

だが、素直でいることだけは、エリザベスにもできる――そう思ってから、ハッと口元を押さえる。

――わたし、好きだと告げたけれど、嘘をついたことを謝っていないわ。クリスは察しのいい方だから、あの手紙で打ち明けた想い人が彼だとわかっているかもしれない。でも、わたしの口から、きちんとお伝えしていない。

もしもいつか、彼が次に打ち明け話をしてくれるときには。

——伝えよう。初めて彼を遠目に見たとき、わたしはひと目でクリスに恋をしたのだと。

けれど、何よりも素直でいよう。

エリザベスは、自分の心にそう言い聞かせ、小さく頷く。彼がほしいと思っていることも、彼にもっと触れたいと願っていることも、そして彼に触れられなくて寂しいということも、きちんとクリスティアンに伝えたい。それこそが、素直であるということではないだろうか。

一歩ずつ進んでいくこの恋が、どこへたどり着くのかを、エリザベスはまだ知らない。

昨晩も、言えなかった。
自室の書き物机を前にして、エリザベスはがっくりと肩を落とす。レクシーとのティータイムのあと、素直でいようと心に決めた。当初は、それほど難しいことではないと思っていたのだが、これがなかなかどうして困難なのである。
——だって、なかなか言えないわ。そもそも、いつ言えばいいのかしら。「もっとしてください」とも「抱いてください」とも……

そう。昨晩も、クリスティアンはエリザベスの寝室を訪れて、彼女の寝台でふたりの時間を過ごした。それはいい。ありがたいことだし、幸せな時間だった。挿入こそないものの、彼に触れられている悦びはある。だが、何度達してももどかしさが募るのだ。身体的な意味では満たされているのに、精神的に寂寥感が拭えない。

彼は、エリザベスだけを満足させて、ことを終えてしまう。彼自身の欲望については、発散することもなく、それどころか触れさせてもくれないままに、妻だけを感じさせる。

ならば、エリザベスが求めればいい。素直に、心からの言葉を伝えればいい。あなたがほしい、と。

「……なのに、どうして言えないのかしら」

嘘をつきたいわけではない。まして、意図的に嘘をついたつもりもない。けれど、思っていることを口に出さないのならば、それは嘘に限りなく似ている何かだ。隠しごとは、夫婦の間ならばないほうがいい。

ふと、机のうえに視線を落とす。そこには、大切にしているレターボックスがある。クリスティアンから、結婚前にもらった手紙が入っているのだ。エリザベスは椅子を引き、腰を据えて彼からの手紙を読み返すことにした。

もしかしたら、そこに何かヒントがあるのではないかと――そんなことを思ったわけではない。ただ、クリスティアンの書いた文字を、彼のつづった言葉を、読みたかっただけのことだ。

まだ一年ほどしか経っていないのに、手紙をもらったのはずいぶん昔のように思えてくる。読めば読むほど、当時の自分がクリスティアンに恋い焦がれていた気持ちを思い出し、今はこんなに幸せなのだと実感する。

もしかしたら、自分は贅沢なのではないだろうか。愛する人と結婚できた。それだけで満足すべきなのではないだろうか。

そんなことを考えていた矢先、居室の扉がノックされる。

「エリザベス、いるか?」

聞こえてきたのは、ジョーイの声。急いで手紙をしまい、エリザベスは扉まで小走りに駆けていく。

「どうかしたの、ジョーイ。まさか、クリスティアンさまに何かあったのでは……」

ジョーイは、同じエランゼの生まれで幼なじみとはいえ、今は普段から部屋に遊びに来るような関係ではない。騎士でもある彼が、自分に用事があって部屋を訪れるというのなら、それは夫に関わることだ、とエリザベスは反射的に思う。

「何をそんなに慌てているんだ。聖騎士さまに限って、何かあるわけがないだろう」

驚いた様子のジョーイは、実家から届いたという果実をおすそ分けに来たのだと言う。

「ありがとう、ジョーイ」

「ま、同郷のよしみってものだ」

しばし世間話をしてから、彼は帰っていった。帰り際に、なぜか、

「……困ったことがあったら、聖騎士さまにきちんと相談しろよ」

と言われたのが気がかりである。

——困ったことなんて、ジョゼモルンへ来てから特にはないのだけど……

幼なじみは、いったい何を心配しているのだろうか。

部屋に戻ったエリザベスは、ふう、と息をつく。夫から結婚前にもらった手紙を読んでいただけなのに、なんとなくそれを誰かに知られるのが気恥ずかしいだなんて。

——結婚しているのだから、もっと恥ずかしいことをふたりでしているのに。

昨晩のことをふと思い出し、頬が火照る。エリザベスは「わたしったら、何を考えているのかしら！」と小さく声に出して、ぶんぶんと首を横に振った。

しいて困っていることを挙げるならば、夫のことが大好きすぎるくらいか。

——わたしと同じくらい、クリスがわたしのことを好きになってくださったら、なんて過ぎた願いだと知っているもの。

彼に愛されたいと願うことは、なるべくならばしたくない。それは神に祈ることでもなく、彼に直接乞うことでもなく、クリスティアンに認めてもらえる妻になれるよう、自分が努力すべきことなのだ。

そんなことを考えながら、手紙の続きを読もうとする。

「……エリザベスさま、どうかされましたか？」

「えっ⁉」

声に振り返れば、ジョーイが去ったあとに扉を閉めていなかったため、侍女のジュリエッタが心配そうにこちらを見つめている。

「ど、どうもしないわ」

「ですが、何かぶつぶつとひとりごとを仰っていらっしゃったようで……」

「ちょうどよかったわ。ジョーイが果実を持ってきてくれたの。エランゼからのいただき物なのですって。あなたにも食べてもらいたいわ」

「まあ、そうなのですか。嬉しゅうございます。お気遣い、ありがとうございます、エリザベスさま」

もらったばかりの果実のかごを、エリザベスは侍女に渡した。ひとりごとは、きちんとひとりでいると確認してから言わねば。

「ジョーイさまは、きっとエリザベスさまをご心配なさって、果実を届けてくださったのでしょう」

「……心配って？」

侍女の言葉が、先ほどの去り際のジョーイに重なる。

「いえ、その……」

言葉を濁すジュリエッタに、エリザベスが詰め寄った。

「ねえ、ジュリエッタ。何か知っているのなら、どうぞ教えてちょうだい。わたし、クリスに嫌われてしまったの？　だからみんな、心配しているの？」

「えっ？　エリザベスさま、クリスティアンさまと喧嘩でもなさったのですか？」

逆に、ジュリエッタのほうが驚いた顔で質問を返してくる。

「喧嘩はしたことがないけれど……。だって、ジョーイもジュリエッタも、なんだかわたしの身に何か起こりそうとでも言いたげだから、少し懸念してしまったの」

「それは申し訳ありませんでした。実は、少し気になる噂がありまして——あ、いえ、クリスティアンさまがエリザベスさまに愛想を尽かしたなんてことではまったくございません」

「ああ、よかったわ」

侍女が気にする噂はさておき、最愛の夫に嫌われているわけでないのなら、それはひと安心だ。

「それで、噂というのはどんなものなの？」

「実は——」

ジュリエッタの語ったことによれば、クリスティアンの年の離れた兄たちが、彼に対して無理難題を突きつけているという。もとより、ジョゼモルンの王子たちはクリスティアンに対し、風当たりが強かったのだそうだ。

「末の王子でありながら、聖騎士となって国民からの人気も高く、そのうえ大国の王女とご成婚なさったということで、どうやら嫉妬されていらっしゃるのではないかと……」

「まあ！　では、原因はわたしなのね！」

懸念したのとは違う方向からの理由に、エリザベスは驚いて声を大きくした。エランゼ王国が大陸内でもっとも権力を有する大国であることには違いない。そのせいで、クリスティアンが迷惑をこうむっているというのなら、彼のために自分ができることは何かあるだろうか。

「……今度、お義兄さまたちのご家族に、何か贈り物でもしてみようかしら」

ジョーイが持ってきてくれた果実を胸に抱くジュリエッタを見て、エリザベスは考える。

ものて釣るつもりではないけれど、ご機嫌伺いのひとつもして、不快にすることもなかろう。自分はこの国では、まだまだ嫁いできたばかりの隣国の王女なのかもしれない。兄弟たちの風当たりにクリスティアンが苦労しているというのなら、兄嫁たちと親しくなれるよう努力するのも一考の余地がある。

「教えてくれてありがとう、ジュリエッタ。果実、みんなで食べてちょうだいね」

「はい、それでは失礼いたします」

ジュリエッタが去ったのち。

さて、今度こそ落ち着いて手紙を——と思ったところに、なぜか今日に限って来客が多いらしく、クリスティアンの兄嫁が離宮を訪ねてきた。それほど親しくもない義兄の妻が、いったいなんの用かと思いつつも、先ほど聞いたクリスティアンと兄たちの間に確執めいたものがある件を思い出せば、エリザベスは妻として気合いを入れる必要があった。

クリスティアンのすぐ上の兄——とはいっても十一歳上のアーロンの妻、シンシアとは、応接間での面会となった。彼女はエリザベスのために焼き菓子を持ってきてくれたそうで、すぐさまそれに合わせた紅茶が運ばれてくる。

「エリザベスさまとは、王子の妻同士、これから親しくしていければと思ってまいりましたの」

「ありがとうございます、シンシアさま」

親切な義兄嫁(あによめ)。親しくしたいと言われて、こちらが断る理由はない。けれど——

エリザベスが、思わず彼女を凝視してしまうのは、シンシアが場にそぐわないと思われる、とあるものを胸に抱いているせいだ。

「あの……シンシアさまは、猫がお好きなのでしょうか?」

義兄嫁は、真っ白な猫を我が子のように抱き、「ええ!」と大きく頷く。聞けば、彼女はどこへ行くにも猫を連れていくのだそうだ。猫とは、ただの動物ではなく彼女の家族の一員であるという説明に、エリザベスはなるほどと相槌を打った。

——こんなに動物好きな方だったとは存じなかったわ。

「リアちゃんは、わたしが結婚した年に生まれた子なんですの。ですから、この子がわたしと殿下の最初の息子ですわ」

「リアちゃんというお名前なのですね」

「ええ、リアリオルという名前でしてよ。普段はリアちゃん、なんて呼んでおりますの。わたくし、この子が生きがいなんですもの」

リアリオルは嬉しそうに「ニャーオ」と鳴き声をあげた。

「どうしたの、リアちゃん。珍しいところへ来たからびっくりしたのかしら、うふふ」

――クリスがお兄さまたちに無理難題を押し付けられているという話と、シンシアさまがご来訪くださった件は関係があるのかしら……？

少々心配になってきたエリザベスだったが、シンシアはこちらの懸念などどこ吹く風で、ぺらぺらと話し続けている。

話題は大半が猫について。この国の野良猫たちを、もっと良い環境で育ててあげたい。しかし、彼女の夫であるアーロン殿下は、それにはあまり賛同してくれないのだそうで。

「わたしね、エリザベスさまならきっとご協力くださるんじゃないかと思ってまいりましたの」

「協力……ですか？」

「一緒に、猫のための楽園を作りませんこと？」

とりあえず、シンシアは夫同士の確執に思うところがあって来訪したわけではないらしい。彼女は、彼女の思惑によってここへ来たのだ。猫のための楽園というのが、何を指しているかはよくわからないまでも、エリザベスは少しだけ安堵する。

ただし。

問題は、シンシアがとても話し好きな女性だったことだ。彼女はそれから二時間以上も、猫のためにできること、猫のためにすべきこと、すべての猫は人間に愛される存在であることを、延々と語り続けた。

「リアちゃんも、こちらの離宮が気に入ったようですので、わたくしまたお邪魔させていただきますわね」

シンシアの別れ際の言葉に、エリザベスは頭が痛い思いである。悪い人ではないのだが、彼女ほどエリザベスは猫に対して思い入れを持っていなかった。

――ゆっくりお手紙を読みたいだけだったのに、今日はなんだかとても疲れてしまったわ……。

部屋に戻って、書き物机まで歩いていくと、カーテンを開けたままの窓から夕日が遠い山へと近づいていくのが見える。気の利いた侍女が、エリザベスのいない間に、前もって燭台に明かりを灯しておいてくれたのがありがたい。

レターボックスにそっと手を置いて、エリザベスはひとつの案にたどり着いた。声に出して言えないのなら、手紙を書けばいいのではないだろうか。かつて、彼女は秘めた恋心を手紙に託してクリスティアンに送っていた。無論、恋する相手は明かさなかったが、ある意味では恋文のようなものだった。始まりが手紙だったふたりだからこそ、口に出せない想いを手紙で届けるのは、悪くないのでは――

彼女は便箋を取り出し、インク瓶の蓋を開ける。何度も書きかけてはペンを置き、考え込んで、またペンを握る。そんな繰り返しののちに、ふと気がつけば室内は橙色に染まっていた。夕日が鮮やかな光を残して、その姿を隠そうとしている。

「……きれい」

ペンを手にしたまま、エリザベスは窓の外の光景に心を奪われた。

太陽は毎日沈んでいくけれど、それは翌朝に世界を照らすためだ。朝の来ない夜はない。

――だいじょうぶ、きっとクリスならわかってくださるわ。わたしのことを、はしたない女だなんて思わないでくださるはず……！

まだ書きかけの手紙を、静かに読み返す。インクは乾いておらず、気をつけなければ文字が滲んでしまう。

「――リジー？　いるのですか？」

突然、扉の向こうからクリスティアンの声が聞こえてきて、エリザベスは椅子のうえで飛び上がりそうになった。

「はっ、はい！　いますっ」

いつもより早い夫の帰宅に、慌てて返事をする。彼女の返事を待っていたとばかりに、クリスティアンが扉を開いた。

「ただいま帰りました。あなたの姿が見えなかったので、気になって部屋まで来てしまいましたが——何か、書き物をしていたのですね」

おかえりなさい、と言うのも忘れて、エリザベスは彼の目から手紙を隠そうと机の前に立つ。

「いえ、これはなんでもありません。そ、それよりも、今日はずいぶんお帰りが早かったのですね」

「ええ。……なんでもないと言いながら、私には見られたくないものなのですか？」

彼に宛てた手紙を、書いている途中で見られるだなんて、あまり望ましいことではない。まして、口頭で伝えられないからこそ手紙をしたためているのだ。もし、「クリスに宛てた手紙を書いていました」なんて言おうものなら、彼はこの場で読みたがる可能性もある。

——目の前で読まれるだなんて、声に出して伝えるよりさらに恥ずかしいわ！

「かっ……書き損じてしまったのです！」

頬を真っ赤にして弁明するエリザベスに、クリスティアンが不審そうに視線を向けてくる。

「なので、処分しようとしていたものですから」

す、と近づいてきた彼が、エリザベスの頬に右手を添えた。

「私たちは夫婦です。嘘や隠しごとは、あまり好ましいものではありませんよ」

心臓が、ずきりと痛む。思いを口にしないことは、かろうじて嘘ではないと判断することもできるけれど、今自分が言ったことは完全なる嘘だ。偽りだ。ごまかしだ。

「……申し訳ありません。書き損じたわけではないのです」

「では、私に言えないような相手へ宛てて、手紙を書いていらしたのですか？」

うつむいたエリザベスのつむじあたりに、クリスティアンの鋭い視線が感じられる。いつだって優しい彼でも、嘘をつかれて気分良くはいられないだろう。

——素直になること。そう、わたしは正直に答えるしかできないんですもの。

エリザベスは、意を決して顔を上げる。予想どおり、彼らしくもない厳しい表情でクリスティアンがこちらを見つめていた。

「クリスに宛てて書いた手紙なんです。ですが、まだ書き終えていないものですし、手紙で伝えたいことを書いたものですので、今見られるのが恥ずかしくて嘘をついてしまいました。ごめんなさい」

これが、すべて。

言葉にしてしまえば、なんとも単純で明快な真実である。彼女の言葉に、クリスティアンが表情を緩めた。それを確認して、心のなかでひそかに安堵する。夫の気分を害するのは、エリザベスの望むところではないのだ。

　しかし。

「――簡単には、信じられません」

「えっ……」

　にっこりと微笑んだクリスティアンが、エリザベスの手首をつかむ。怒っているとは考えにくい笑みを浮かべ、やわらかな声でそんなことを言われるとは、考えもしなかった。

「リジーは、いったん私に嘘をつきましたね。嘘は嘘を呼ぶものです。取り繕うためにさらなる嘘を重ね、それを見破られないよういっそう嘘を塗り重ねる――もし、あなたがそんなことをしていたら、私には何を信じていいのかわからなくなってしまいます」

「で、ですが、ほんとうなんです」

「では、その手紙をどうぞ読ませてください」

「それは……できません！」

　エリザベスは、夫の手を振り払って書き物机へ駆け寄る。そして、机のうえに広げてあった便箋を、急いで引き出しにしまい込んだ。

「……いけない子ですね」

　背筋がぞくりとするほど、甘い声。

　振り向いたエリザベスに、長い脚でふたりの距離を一気に縮めたクリスティアンが、噛みつくようなキスを落とす。

「んっ……ん、んん……」

だが、性急さとは裏腹に、彼の唇はいつにもまして優しい。エリザベスの緊張をほぐすように、ゆっくりと舌が上唇をなぞった。

キスに蕩けていく、心と体。目を閉じて、彼の口づけを堪能していると、目元に何か——そう、かつてされたことのある目隠しにも似た布の感触を覚えた。

「……っ、クリス、何を……」

「目隠しですよ。おわかりでしょう？　あなたの視界を奪って、今からお仕置きをいたしましょう」

夕暮れの室内に、彼の言葉が淫靡に響く。エリザベスの鼓膜を甘く震わせ、クリスティアンが小さく笑った。

書き物机に両手をついて、目隠しされたエリザベスは小さく身震いをした。

「クリス、こんなの嫌です……っ」

「では、教えてくださいますか？　あなたは、いったい何を隠しているんでしょう」

「それは…………」

彼に宛てた手紙を書いていた。それだけのことだ。すでに答えは明かしてしまったではないか。

だが、手紙の内容を明かすわけにはいかない。そんなことができるくらいなら、最初から手紙ではなく直接クリスティアンに伝えていただろうに。

——ああ、けれど今すぐに手紙を読んでいただいたほうが、いいのかもしれないわ。だって、わたしは彼に抱かれることを願っているんですもの……

「どうしても、言えなくて。だから手紙を書いたんです……」

「なぜ、言ってくれないのです。私は、それほど頼りない男ですか？」

「そうではありません。わたしが……よくばりで、はしたない妻だと思われるのが怖くて……」

彼が息を呑んだ。大国エランゼの王女を娶ったのに、その女性が人格的に問題のある人間だったと知って、彼は後悔したのかもしれない。

「なぜ、口で言わずに手紙なのでしょう。あなたがどれほどよくばりだろうと、どんなはしたないお願いをしようと、私はリジーを嫌ったりはしませんよ」

嫌いはしない。けれど、好きだと言ってくれるわけでもないのを、エリザベスは知っている。

「……わたしは、クリスのことが好きなんです……」

切実な想いを込めて、言葉を紡ぐ。

エリザベスにとっては、あの手紙こそが夫へのラブレターにほかならない。これまでも、幾度となくクリスティアンに宛てて手紙を書いた。だが、そのたびに罪悪感が胸に残った。

彼を想っていることを、クリスティアンにだけは知られるわけにいかないと、必死にひた隠してつづった文字たち。

今になってみれば笑い話かもしれないと知りながら、エリザベスはそんなことさえ彼に打ち明けられずにいる。

「ええ、存じています。ですが、私を好きでいてくれるあなたが、なぜ私に隠しごとをなさるんでしょうね」

彼は、なんでもお見通しだ。

ならば、エリザベスがクリスティアンに抱かれたいと——あの夜のように、彼のすべてを受け入れて、ともに快楽の果てへ上り詰めたいと願っていることも、ほんとうは知っているのではないだろうか。

もしも。

すべてを見通したうえで、彼がエリザベスを抱くことを避けているのだとしたら、それはどんな理由によるものか、彼女とて考えなかったわけではない。

クリスティアンは初めての夜、彼女のなかが狭いと言った。それが悦(よ)いのだとも言っていたが、ほんとうはそうではなかったら——

——わたしでは満足できないから、最後までしてくださらないのだとしたら、どうしたらいいの……？

十七歳ともなれば、これから急激な成長も望めない。まして、エリザベスは母親似で、母もまた小柄な女性だ。

「リジー」

鼻の奥がツンとする。泣きたくないのに、嗚咽がこみ上げてきた。

「わ、わたしが……クリスを満足させられないから、抱いていただけないのかもしれないと考えて、もしそうだったらどうしたらいいのかを……相談、したくて……っ」

大きな瞳を覆う目隠しが、じわりと涙でにじんだ。

「リジー!?　いったいなんの話なんだ」

彼の口調が変わる。それまでの優雅さが消え、クリスティアンらしくもない驚いた声だった。何もかもを見通しているかもしれない——と思ったのは、エリザベスの勘違いだったのかもしれない。彼は、ただの人間だ。聖騎士であろうと、聖職者の資格を有していようと、あるいはこの国の末の王子であろうと、人の心を読めるわけではないのだから。

「だって、わたしが良くないから……、だからクリスは抱いてくれないのでしょう……？」

うつむいた頬に、金色のやわらかな髪がこぼれる。今にもくずおれそうな体を、背後から力強い腕が掻き抱いた。

「馬鹿なことを……。俺は、そんなつもりであなたを抱かなかったわけじゃない」

「だったら、なぜですか？　なぜ、妻として抱いてくださらないのですか？　すぐに子をなすおつもりがないというのは、いずれわたしとの間にお子を授けてくださるということではないのですか？　初めてだったから、うまくできなかったかもしれません。でも、がんばります。どんなことだって、あなたが望んでくださるなら、わたし……」

ぽろぽろとあふれる涙が、目隠しの布に収まりきらず、頬を伝う。

「好き……好き、です……」

最後に残るのは、ただその想いだけだった。

クリスティアンに愛してもらえずとも構わない、とさえ考え始める。

もし、これから先も彼が自分を好きになってくれなかったら、そのときには彼の分も二倍愛そう。そうすれば、きっとふたりの気持ちを足して割ったときに、ちょうどいいくらいになるはずだ。

――好きになってくれなくたっていい。抱いてくれなくたって構わない。もうわがままなんて言わないから、そばにいさせて……

泣きじゃくるエリザベスの肩口に、せつなげな吐息が触れた。

「そんな、かわいいことを言わないでくれ」

「……ク、クリス……？」

「俺を惑わせて、楽しんでいるわけじゃないんだろう？　だったら、これ以上泣くなよ。あな

たが泣くと、どうしたらいいかわからなくなる」

彼の声が優しくて。

それでいて、ひどく心を軋ませるほどせつなくて。

エリザベスも、どうしたらいいかわからなくなってしまいそうだった。

「あなたを、愛していると言えたらいいのだが」

その瞬間。

信じられない言葉が聞こえて、呼吸さえも忘れた。

「……え？」

「え、じゃない。リジー、あなたを愛しているといえるなら、俺も少しは変われる気がする。だが、まだ言えない。あなたの気持ちに応えるには、俺は……」

そう言いながらも、クリスティアンはエリザベスの体を折れんばかりに抱きしめる。腰のあたりに、彼の昂ぶりが当たっているのがわかった。

こんなときだというのに、クリスティアンが自分を求めてくれているのが嬉しい。

いいや。

それよりも、彼が自分との関係についてそんなふうに考えていてくれたことが、嬉しくて涙が止まらない。

――ほんとうに？　クリスが、わたしを好きになろうとしてくれているの……？

「……だが、あなたは俺にほんとうのことを言ってくれないだろう。あの手紙のやりとりで、リジーは誰を想っていたのか、まだ俺に告白していない」

「そっ……」

ああ、やはり、と彼女は思う。

すべてお見通しのうえで、彼は茶番につきあってくれていたというのか。そうでなければ、優しく誠実に見えて、その実プライドが高く、独占欲もなかなかの聖騎士さまが、ほかの誰かを想っているかもしれないエリザベスを妻に迎えるはずが――

「それは……だって、わたし、ずっとクリスのことを――」

言いかけて、ドレスの胸元が開かれる感覚に、エリザベスは「クリス、何を!?」と声をあげた。

「どうぞ、続きを聞かせてください」

「あ、あの……ドレスを脱がされながらする話ではなくて……」

驚きに、涙も引っ込んでしまう。

「私は、どんな話をしているときでもあなたを抱きたいと思っていますが、リジーは違うのですか？」

いつの間にか、また口調が戻っている。そのうえ、とんでもないことを言い出した夫に、エリザベスは目隠しのままで赤面した。

「待ってください！　なぜ、急に口調を変えるのですか？　わたしを翻弄していらっしゃるわけではないのですよね……？」

「ああ、これは別に理由があるわけではなく——自分でも無意識に切り替えてしまうのです。長年、人々の前で聖騎士を演じてきた結果のようなものでしょうか」

つまり、本来のクリスティアンは敬語の口調ではないという意味かもしれない。

「でしたら、わたしといるときにはクリスの楽なように話してください。ふたりのときは、その……聖騎士さまでもありますが、わたしの夫なのですもの」

「……わかった。だが、俺も意図してやっているわけではないので」

「はい。わかっています」

彼の秘密をひとつ知った気がして、エリザベスがほっとするのもつかの間。

「それで？　俺はいつでもあなたを抱きたいと言ったんだが、リジーはどうなんだ？」

なんとも答えにくい質問が、口調を変えて繰り返された。

「わっ……わたしだって、いつでもクリスに……」

「俺に？　抱かれたいと思ってくれているのか？」

「そ……そう、です……」

今にも、顔どころか全身から火を噴くのではないかと思うほどに、恥ずかしさで熱が上がる。

「だったら、続きを聞かせてほしい。ずっと俺のことを？」

話は、そこまで戻された。

「……手紙に書いた、許されない恋の相手というのは……」

ドレスの胸元は完全に開かれて、彼の手が器用にコルセットを緩めていく。

「ほかでもない、クリスのことでした……っ」

「なるほど。やはりそうだったか」

――やはり、って、知っていたの⁉

素肌に空気が触れる。胸があらわになってもなお、クリスティアンは目隠しをはずしてくれる様子がない。

「だ、だから、ずっとクリスのことを想っていて、でもわたしの結婚は国が決めることだったから……」

「ならば、俺があなたに求婚しなかったら、リジーはほかの男性にこうして触れられていたのかもしれないと？」

言葉のままに、クリスティアンがエリザベスの胸をまさぐる。

「んっ……、あ、あっ」

「そうして、俺ではない男にその甘く愛らしい声を聞かせ、俺ではない男の子どもを孕んで、俺ではない男に笑いかけていたかもしれないと、あなたはそう言っているんだな」

「ちが……っ、ん、わたしは、クリスにしか、こんな……」

畳み掛ける言葉が、エリザベスを追い詰めていく。ほかの誰かに触れられることなど、想像したことさえなかった。夢見たのは、初恋の聖騎士さまとの幸せな未来。それだけだったというのに。

「——誰が、そんなことさせるか」

低い声で、彼が言う。わずかに混じる、怒りと欲望の響きに、エリザベスはびくっと肩をすくめた。

「クリス……？」

「誰にもやらない。あなたは俺だけの女だ。俺が抱いて女にした。俺の妻だろう？」

彼の指先が、ツンと屹立した胸の先端をつまみ上げる。

「あっ……う、そこ、いきなり……」

「こんなに感じやすい体にしたのも、俺だ。夜這いの意味もろくに知らず、男の寝台で眠っていたあなたに、毎晩たっぷりと時間をかけて快楽を教え込んだんだ。リジー、あなたは眠っている間も、気持ちよさそうに蜜をあふれさせていただろう？」

ずっと触れずにいた、あの夜這いの日々について、唐突に彼が踏み込んでいく。

「それは……」

「あなたが夜這いをたくらんでいると知ってから、俺はすぐに眠り薬を調合した茶葉を準備させたよ」

左右の乳首を根元から括りだされ、コリコリと擦り合わされている状態でも、彼の声だけはしっかり脳まで届いていた。

「……っ、ん、あ……」

「皮肉なもので、あの薬は昔、俺の知り合いが使おうとしていたのをやめさせたものだった。彼女には使うなと言って取り上げたのに、俺はあなたに使ってしまっただなんて、笑えるだろう？　だけど、本気で手に入れたかったからこそ、使わずにいられなかった」

「か、彼女……って……」

ふ、と耳の裏に吐息を吹きかけてクリスティアンが笑う。

「わかっているくせに。レクシーだよ。あなたの寝室作法の相談役のね」

「……っ、だって、そんな……」

「ああ見えて彼女は、昔から女王さま気質でね。そのレクシーが、本気で恋した相手からろくすっぽ相手にされなくて、必死で振り向かせようとして薬を盛ろうとした。――まあ、相手が今の旦那だからいいものだが、なかなか過激な女だよ」

親戚を語るには、どこか無関係を装いすぎていて、それでいて親友――いや、戦友のような親密さを感じさせる、クリスティアンの言葉。

「とはいえ、レクシーとの仲を誤解されることは少なからずあった。彼女も、俺の外見だけは気に入ってくれていたらしく、利用できる場面では俺を当て馬代わりに使っていたんだろう」

「どうして……」

「どうして？　それは、俺がレクシーの子分みたいな存在だったからだ」

それは、以前にも少し聞いたことがあった。だが、彼が王妃の息子でなかったとしても、王の子である王子ならば、レクシーがそういった態度で接していたというのは不思議な気がする。

「そんなことを考えている余裕があるなら、もういいだろう？」

性急に下着が引き下ろされ、すでに濡れはじめていた蜜口に彼の楔が押し当てられる。

「クリス、目隠しを……」

はずして、と言おうとしたエリザベスに、彼の熱がめり込んできた。

「ぁ、ああっ……！」

慣れない隘路は、男の劣情を咥えこんでひくひくと震えている。それを知ってなお、クリスティアンは強引に腰を進めた。

「目隠しをしたままでも、感じてくれるとは。さすがは、俺の妻だな」

「そ、それはそうですが、できればはずしてもらったほうが……」

しかし、そんな彼女の言い分をよそに、クリスティアンは早くも腰を打ち付けてくる。待ち望んだ熱を受け入れて、エリザベスの体もまた悦びに濡れるばかりだ。

「ぁ、ぁ、あっ……」

机に手をついて、腰をうしろに突き出して。

こんなはしたない格好で貫かれているというのに、いやになるほど感じてしまう。

「リジー、初めてのときよりもあなたが俺を受け入れてくれている。わかるか？　ほら、俺を咥えこんで、嬉しそうに中が震えている」

「……や、恥ずかしい、クリス……」

「もっと、あなたの全身で俺を受け入れてくれ。何度も、何度でも、俺を」

次第に、互いの息が上がっていく。

夕焼けの室内に、形容しがたい淫らな蜜音が響いていた。

「だ、駄目……、立っていられませんっ……」

「俺が支えるから心配はいらない。ほら、もっと感じていろよ。奥がいいのか？　それともこっちか？」

「ああっ、あ、待っ……」

最奥を押し上げる切っ先は、エリザベスのなかを激しく蹂躙（じゅうりん）し、縦横無尽に彼女を貪る。

「待たないし、待てない。あなたを孕ませたい。俺の子を、産んでくれるだろう……？」

「あ、あ、クリス、クリス……っ」

がくがくと揺さぶられて。

脳天まで突き抜ける快感は、愛そのものだった。

「今は、優しくなんかできない。リジー、俺を愛してくれるんだろう？　だったら俺を……受け止めろ」

注がれるのは、白く迸る愛情の証。

エリザベスは、彼のすべてを受け止めたいと願うのに、注がれた先からどちらのものともわからぬ体液が内腿を伝っていく。

「や……、こぼれちゃう……っ」

「そんなかわいらしいことを言うと、またすぐに注がれる羽目になるとわかっていないのか？」

それならそれで、構わない。

いっそ、自分のすべてをクリスティアンが塞いでくれたら――

エリザベスは、机のうえに突っ伏すようにして夫の精を受けていた。

◆◆◆

ところで、先日以来、シンシアがよく離宮へ遊びに来るようになった。

兄たちとの関係については、心配したエリザベスにクリスティアンが、

「この俺が、王宮でぬくぬくと欲にまみれて生きる兄たちにやられっぱなしでいると思うか？」

と不敵に笑ってくれたことで、心配いらないのだと安心している。彼ならば、たしかに無理難題を押し付けられても、素知らぬ顔でこなすか、うまく受け流してしまいそうだ。

――つまり、シンシアさまがいらっしゃるのは、ご兄弟との確執とは関係ないということなのだと思うけれど……

「それでね、エリザベスさま、実は新しい子猫を飼うことになりましたの。エリザベスさまにもご覧にいれようと思いまして、今日は連れてきましてよ」

「まあ……」

会話の大半が、猫について。

これほどまでに猫を愛する人間に、エリザベスは生まれてこの方、会ったことがなかった。

――猫のために尽くそうとするお気持ちからしても、シンシアさまはほんとうにお優しい女性なのでしょうね。

「見てくださいませ。まだ、こんなに小さいんですの」

「っっ……！」

シンシアが取り出したカゴの中から、手のひらに載りそうなほどの子猫が二匹、つぶらな瞳をこちらに向けてくる。あまりのかわいらしさに、エリザベスは息を呑んだ。

「か、かわいいです！　子猫って、こんなに小さいのですね」

「うふふ、エリザベスさま、赤ちゃん猫をご覧になるのは、初めてかしら？」

「初めてです。まあ、なんて毛がふかふかしているのでしょう……。触れてもいいでしょうか？」

「もちろん、撫でてあげてくださいな」

指先で眉間のあたりをそっと撫でると、子猫は気持ちよさそうに目を閉じる。かわいいものを前にすると、人間はこんなに心を締めつけられるとは、驚きの発見だ。

「それでね、この子たちに名前をつけてはもらえません？」

「わたしがですか？」

「ええ、あなたがですわ」

言いながら、やはり今日も連れてきた白猫のリアリオルを撫でるシンシアは、もしかしたら策士なのかもしれない。

こんなにかわいらしい子猫を前にすると、彼女の提唱する猫のための設備投資に協力したくなってくるというもの。

「恐縮ですわ。わたしが名付け親だなんて……」

まだよちよち歩きで、カゴから出ることも大変そうな子猫たちに、エリザベスは目を細める。

しばし考えたのち、彼女は口を開いた。

「灰色の子は目が青いのでスカイちゃん、茶トラの子はチョコレートのような瞳なのでショコラちゃんというのはいかがでしょうか？」

「あら！　とってもかわいらしいお名前。ありがとうございます。さあ、あなたたち、今日からお名前はスカイちゃんとショコラちゃんよ」

　シンシアが身を乗り出して、カゴの子猫を撫でようとしたところ、リアリオルが「ニャーオ！」とひと鳴きして、彼女の膝から逃げ出した。

「あら、リアちゃん。お戻りなさいな。知らないところで迷子になったら大変よ」

　そこに、ちょうどお茶のおかわりを運んできた侍女が、扉を開ける。

「リアちゃん、リアちゃん！」

　シンシアの声も虚しく、リアリオルは扉をしゅるりと抜けて廊下へ出ていってしまった。

「ど、どうしましょう」

　シンシアの顔色は、一気に真っ青になる。

「そう遠くへは行かないと思いますし、わたしが捜してまいります。シンシアさまの大切な家族ですもの。遅くなりそうであれば、王宮まで送り届けますので、シンシアさまは先にお帰りになってもだいじょうぶです」

「でも、わたしの大切なリアちゃんが……」

　言いながらも、彼女は今にも倒れそうなほどに青ざめていた。もしかしたら、体の強くない人なのかもしれない。

　エリザベスは、シンシアの連れてきた侍女に事情を説明し、状況を見て彼女を王宮に連れ帰り、医官に診てもらうよう伝えた。

帰りたくないと言っていたシンシアだったが、リアリオルが逃げ出したことに責任を感じているらしく、「新しい子猫にわたしの気持ちが移ったと思ったのかもしれないわ」とさめざめと泣き出した。

侍女の提案で、シンシアは先に王宮へ戻ることとなったものの、残されたエリザベスは、さてどうやってリアリオルを捜すべきか、頭を悩ませる。

だが、考えていても始まらない。立ち上がり、廊下に出て。

「リアちゃん、リアリオルちゃーん」

エリザベスは、離宮内の各部屋を虱潰し（しらみつぶ）に捜していくことにした。

「リアちゃーん、どこにいるの？」

部屋という部屋を回って、リアリオルを見かけたという侍女に話を聞いて、猫の痕跡を追っていくうちに、エリザベスは普段立ち入らない尖塔の最上階までやってきていた。

「リアちゃん……？」

埃（ほこり）っぽい室内には、今や使われなくなって久しい家具が白い布をかけられている。

その奥で、小さく物音が聞こえた。次いで、「ニャアアアーン」とリアリオルらしき猫の声。

「リアちゃん！」

美しい毛並みのリアリオルが、少し不安げな顔で長椅子の下からこちらを見上げていた。

ああ、よかった、と思ったものの、ここからが問題だった。

「あ……開かない……!?」

人に慣れたリアリオルを抱っこし、階段へ続く扉に手をかけたエリザベスは、知らず青ざめていく。

古い尖塔の扉は錆びついているのか、それとも元からこういう造りなのか、部屋の内側から開かないのだ。入るときには、それほど苦労もなく開いたというのに、いったいどういうことだろう。

「どうしましょう……」

リアリオルは、エリザベスの腕から逃げ出すと、また室内の家具の隙間に戻っていった。

使われていない部屋というのは、どこか不気味な気配がある。エリザベスは、白布のかかっていた椅子の埃を軽く払い、そこに腰を下ろして事態を打開する方法を考えることにした。

尖塔といえど、窓はある。あそこから顔を出して大声で叫べば、使用人の誰かに気づいてもらえるかもしれない。だが、それはクリスティアンの——聖騎士の花嫁としてふさわしい行動だろうか。

——クリスに迷惑はかけたくないわ。それでなくとも、わたしがエランゼの王女だということが原因で、ご兄弟の間に溝ができているのかもしれないんですもの。

しばらく考えている間に、エリザベスは夢に落ちていた。結婚してからこちら、考えることの多い日々が続いている。少しばかり心が疲れていた。

猫とふたり、誰もいない尖塔の最上階は、ある意味で心の安寧を得られる場所だったのかもしれない。

――どうしたら、クリスと……

眠りの中でも、考えるのは愛する夫のことばかりだった。

「――……ジー、リジー、ここにいるのか⁉」

唐突に、叫ぶような声が自分を呼ぶ。

エリザベスは、夢と現実の区別もつかぬままに、椅子から立ち上がった。

「クリス⁉」

「リジー、いったいこんなところでなぜ……」

扉を開けたのは、クリスティアンだった。窓の外はまだ夕暮れにもなっていない。彼が帰ってくるような時間ではないはずが、なにゆえここにいるのだろう。

息せき切って階段を上ってきたらしきクリスティアンは、うっすらと汗ばんだ体で強引にエリザベスを抱きしめる。

「あ、あの……」

「うるさい！　どうしてあなたは、こんなところにいるんだ。俺がどれほど心配したと思っている！」

痛いくらいに抱きしめられて、エリザベスは心まで締めつけられるような気がした。

「クリス、ごめんなさい。シンシアさまの猫を捜していたら、尖塔に来てしまったのです」

「猫なんてどうでもいい。俺は……あなたが屋敷内で行方不明になったと連絡を受けて、急いで帰ってきたんだ。この尖塔は、特殊な造りになっていて、室内からは鍵がないと扉を開けられない。だから──あなたが閉じ込められて、誰も気づかなかったら、どうなっていたかわかるか？」

「それは……」

さすがに、ここで何日も閉じ込められることを考えると、背筋が凍りつく。

「クリスは、どうして捜しにきてくださったんですか？」

「……今さら、何を」

ぐい、と彼女の顎が持ち上げられた。

目の前に、青く美しい瞳がこちらを覗き込んでいる。そこには、エリザベスただひとりが映し出されていた。

「俺は、愛する妻を捜しに来た。それだけのことだ」

「ク……クリス⁉　ん、んっ……」

驚く暇さえ与えぬとばかりに、クリスティアンがエリザベスの唇を塞ぐ。

──今、クリスはわたしのことを『愛する妻』と……？

信じられない。だが、彼は冗談でそんなことを言う人ではない。キスに溺れかけたとき、背後でリアリオルの声がする。

「クリス、ま、待ってください。リアちゃんが……」

けれど、もう一度聞きたい。

彼は、自分のことを愛しているというのか。

「猫などどうでもいい。シンシアとて、兄の陰謀でやってきたに違いないだろう」

「そうではありません。シンシアさまは、わたしにとてもよくしてくださって……」

「あなたに優しくするのは俺だけでいい。あなたを抱くのも、こうしてキスするのも、あなたのことはすべて、俺だけが許されているんだ。ほかの誰にも……」

そこまで言って、クリスティアンがハッとしたように口を覆った。

「…………クリス？」

「なんでもない。俺は、その……」

口ごもる彼は、もしかしたらまだ、愛の言葉を告げる時期ではないと考えていたのかもしれない。エリザベスと違って、大人の男性であるクリスティアンには、思ったことをただ口にするだけでは済まない局面があるのだろう。

「わたし、クリスのことを心から愛しています。だから、クリスがそんなふうに思ってくださって、とても嬉しいです。捜しにきてくれて、ありがとうございます。ですが、ご迷惑をおかけしてしまったこと、心より反省いたします」

エリザベスは、幸せな微笑みを浮かべて夫を見つめる。

「……参った。あなたにはかなわない。反省していると言いながら、そんな愛らしい笑顔を見せるだなんて」

ため息をつくクリスティアンが、エリザベスのこめかみに唇を押し当てた。

「愛しているよ、俺のリジー」

「……っ、ク、クリス……」

「何度でも言おう。愛している。あなたが姿を消したと聞いて、それが屋敷内だとわかっていても、不安で仕方がなかった。任務も手につかず、こうして帰ってきてしまった。もう聖騎士失格かもしれないな」

「クリス、クリス……っ」

その広い胸にしがみついて。

エリザベスは、彼の速い鼓動に耳を澄ませる。

愛した人に愛されること。それこそが、彼女の至上の願望だった。叶うはずがないと頭のどこかで諦め、けれどもしかしたらと夢を見て、何度も何度も彼だけを求めた。彼さえいてくれれば、それでよかった——

「ニャアアアン」

リアリオルの声に、「もう少しだけ待っていてくれ。俺は妻を愛するのに忙しいんだ」とクリスティアンが返事をするのを聞いて、幸福な涙に濡れたエリザベスが笑い出す。

「クリスは、猫がお好きですか?」

「……嫌いではない」

「でしたら、いつか猫を飼いましょう。今日、シンシアさまから子猫を見せていただいたんです。とってもかわいらしくて、見ているだけで胸がきゅうっと締めつけられる気がしました」

「胸? どこだ、このあたりか?」

「あっ、も、もう、クリスったら!」

胸元をまさぐられて、エリザベスが慌てて彼の手を押し止める。

――クリス、どうしたのかしら。急に黙ってしまったけれど。

しばしの沈黙ののち。

彼が、ゆっくりと唇を湿らせてから、言葉を紡いだ。

「――彼女だけだったんだ」

「え……?」

彼女とは、誰のことだろう。シンシアとは関係なさそうだが。

「妾腹(しょうふく)の俺を見下さなかったのは、レクシーだけだった」

――ああ……。レクシーさまのことだったのね。

それは、彼が初めて語ってくれる、出自に関わる話だった。

「だから、子分扱いだろうとなんだろうと、俺を人間として扱ってくれたレクシーには感謝している」

「そう……だったのですね……」

「よかったら、俺の母の話を聞いてもらえるか？」

これまで、王妃の息子ではないということだけを伝えてくれたものの、それ以外について彼は口をつぐんできた。

「はい、クリスがよろしければぜひ」

彼は、エリザベスの返事に優しく微笑む。もしかしたら、それはクリスにとってもつらい話なのかもしれない。それでも彼が語ろうとしてくれるのならば、エリザベスはすべてを受け止めたかった。

「その昔、旅の一座の踊り子を、父が手籠めにした。そして、俺が生まれた。母は、この国の人間ではなかった。だから、俺の髪は大陸内でも珍しい色だろう？　兄たちの誰も、俺のような容姿のものはいない。どこの生まれかもわからないような、踊り子の産んだ息子なんだよ、俺は。王の気まぐれで生まれた落胤（らくいん）を、いったい誰が王子などと認める？」

彼の語る過去に、せつなさがこみ上げる。

言葉では、すべてを言い尽くすことなどできまい。ならば、彼の語る数十倍、数百倍の苦しみや悲しみがあったのだ。

幼いクリスティアンは、どんな孤独のなかで育ってきたというのか。

そのころ、自分は彼の隣にいることはできなかった。だが、もしも当時の彼に出会えるのなら、きっと――

「……わたしは、認めます」

エリザベスは、震える声でそう言った。

「わたしは、あなたのすべてを認めます。王子でなくとも、聖騎士でなくとも、あなたがどこの誰の息子だろうと関係なく、あなたという存在のすべてを認めます。それと、そのころのあなたを知っているレクシーに、お恥ずかしながら少しばかり嫉妬もいたします。だから――これからは、どうぞそばにいさせてください……」

「リジー……」

戸惑う彼の声が、今はただ愛しくてたまらない。

彼は、ほんとうの恋を知らないとレクシーは言っていた。もしそうなのだとしたら、愛していると言ってくれた今、クリスティアンもまたエリザベスと同じく、初めての恋をしているのかもしれない。

「わたしが、いますから」

クリスティアンに比べれば、体も心も頼りないのはわかっている。それでも、彼をひとりにしないことだけはできるのだ。

「あなたに薬を盛って、快楽を教え込むような男でも？」

「……望むところです」

「ほんとうの俺は、聖騎士なんて名ばかりで、聖人とはかけ離れた性格をしていても？」

「職業は職業ですもの。クリスが優しいだけの男性ではないことも、わたしは存じています」

「――だったら、どんなにひどい本性をさらしても、あなたは俺を愛してくれると言うのか……？」

どこか不安げなその声に、初めてエリザベスはクリスティアンの心の中に、立ち入らせてもらった気がした。

「あなたが、あなたである限り。いいえ、もしあなたがあなた自身を忘れてしまう日が来たとしても、わたしはずっとクリスを愛しています」

あの日。

彼の姿をひと目見た瞬間に、エリザベスは恋に落ちた。恋の意味も知らず、なぜ胸が高鳴るのかもわからず、それでもクリスティアンに恋をした。

「あなたがわたしの初恋の人です。ほかの誰でもありません。ずっと……あなたをお慕いしていました。あなただけを――」

「ああ、リジー！」

力強い腕が、彼女を抱き上げる。

「もう、二度と離さない。あなたは俺の妻だ。俺だけの女で、俺が生涯添い遂げる人だ」

「……助けにきてくださって、ありがとうございます」

「あなたのためなら、どこへだって行く。俺の妻だからな」

頭をくしゃくしゃと撫でられて、心をかわすキスをして。

ふたりと一匹はそれからしばらくして、尖塔を下りた。もちろん、クリスティアンが持ってきた鍵で扉を開けて。

◆ ◆ ◆

初めて、あの聖堂で会った日のことを今でも忘れられない。

クリスティアンにとって、あの日が人生の始まる瞬間だったのだと、今なら言える。

彼女と出会って。

彼女に愛されて。

彼の人生が、もう一度そこから始まったのだと。

無償の愛というものが、この世には存在している。

「──あなたから手紙をもらうようになって、俺は心のどこかで嬉しいと思っていたんだ。大国の王女に好かれているからじゃない。相手が、リジー、あなただったから、きっと……」

花嫁が、クリスティアンの言葉に儚く微笑む。ここは、離宮のクリスティアンの居室だった。尖塔から下りたふたりは、埃を払うために入浴を済ませ、彼の部屋にやってきた。

「最初は、嬉しいだけだった。次第に、その手紙を心待ちにするようになった。あなたはどんな気持ちでこの手紙を書いているんだろうと想像するようになって、あなたに——会いたくなった」

「わたしも、ずっとクリスに会いたいと思っていました」

「会いたいというのは、愛したいというのに似ている。俺はきっと、あなたを愛したかった。結婚して、あなたを愛してしまったと自覚するまで時間はかかったけれど、ほんとうはもっと以前から、あなたを愛したいと思っていたんだ」

エリザベスが愛してくれたから、自分は今、ここにいて。

心から、人を愛することを知った。

「愛しているよ、リジー」

「わたしも、あなただけを愛しています」

重ねた唇が、幸福の味で満ちていく。

「ところで、お兄さまがたのおっしゃる無理難題というのは、いったいどういうものなんですか？」

気になっていたけれど、聞いていいものかわからず、今までずっと彼を見守ってきたエリザベスだったが、今日は勇気を出して尋ねてみる。

「ああ、それか」

夫は、少し困ったように微笑んで、エリザベスの頬にキスをした。

「俺のかわいい妻を、さまざまな公務に呼びつけようとしていたんだ。あなたは、エランゼ王国の王女だろう。以前から、ジョゼモルンでも人気のある存在だからな。国の公務で連れ回して、俺から引き離そうとしていた」

「まあ……」

だが、公務ならエリザベスにもできることがある。夫のため、夫の生まれた国のため、そして夫が守るこの国のために、自分にできることがあるのだとすれば、エリザベスとしては力になりたい。

「駄目だ」

彼女のそんな考えを読み取ったように、クリスティアンが眉根を寄せる。

「俺は、あなたと一日だって離れたくない。それどころか、俺の血筋の男は信用ならないんだ。あなたに何かあったらと考えるだけで、呼吸さえできなくなる。それでもいいのか？」

「えっ……、そ、それは困ります……！」

「だったら、俺の腕のなかにいなさい。どこにも行ってはいけない。いいな？」

再度のキスに、エリザベスは目を閉じた。

「――そういえば、これを」

クリスティアンが、折りたたんだ便箋を取り出したのは、キスで心がすっかり蕩けてしまったあとのこと。

「悪いとは思ったが、あなたの部屋の机から持ち出してきた。俺に宛てて書いてくれたものなのだろう？」

「クリス、だ、駄目です、それは……」

頬を真っ赤に染める彼女がかわいくて、胸が痛い。幸せとは、こういうものだったのか。

「好きな子にいじわるしたくなるのは、どうやら男の性らしい。だけど、リジーならそんな俺も受け入れてくれるはずだからな」

反論できずにいる花嫁のナイトドレスを、ゆっくりと脱がせていく。生まれたままの姿が、もっとも美しいのだと彼は知っていた。愛する妻のことならば、なんだって知っていたかった。

◆　◆　◆

「だ、だって、まだ書き終えていないんです！」

「だったら、書いてあるところまででいい。俺は、あなたの声で聞きたいんだ」

聖なる微笑みといじわるな夫のたくらみ顔を持ち合わせる、世界でたったひとりの愛する人。

クリスティアンは、長椅子に座って優雅に脚を組み替える。

「……それに、こんな格好じゃ恥ずかしくて読めません……っ」

もじもじと体を隠そうとするエリザベスは、ドレスから矯正下着、靴下止めに靴下まで、すべてを脱がされてしまったのである。

「リジー」

にっこりと笑いかけてくるクリスティアンが、「読めるよね？」と言外に含ませているのを感じた。

――クリスったら、クリスったら……！

こんなときでも、彼のことが好きでたまらない自分も、どうかしている。

エリザベスは、彼の手から便箋を受け取り、裸足(はだし)でまっすぐに立つ。

「……親愛なる、クリス」

それは、結婚してから初めての手紙だった。

「あなたと結婚して、わたしはとても幸せです。なぜなら、あなたには明かしていませんでしたが、わたしがずっと想っていた相手というのは、クリスティアンさま、あなただったからです――」

クリスティアンが、じっとこちらを見つめている。

「初めてあなたを見たのは、八歳のときでした。わたしはまだ幼く、あなたこそが初恋の相手で、」

「そうか、リジーの初恋の相手は俺だったんだな。つまり、恋もキスも体の関係も、すべて俺が初めての相手だったと」

「クリス⁉ な、何をいきなり……」

手にした便箋を、思わずくしゃりと握りつぶしてしまう。破らなかっただけ、褒めてもらいたいくらいだ。

「何、確認したまでだ。確認というより、喜びを噛み締めたというのが正しいか」

「……」

「続きを、読んでくれ」

くしゃくしゃになった便箋には、まだ彼への想いがつづられている。

けれど。

エリザベスは、それを投げ捨てて、クリスティアンのもとへ駆け寄った。

「リジー？」

彼の首にぎゅっと抱きついて、金色の髪を揺らす。左右に首を振るのは、「もうこれ以上は読めない」の表れだ。

「仕方がない。少しいじめすぎたな」

「……いじわるするのも、好きだからだなんてずるいです」

「なんでも素直に信じてくれるあなたが大好きだよ」

さあ、こちらに、と彼がエリザベスを膝のうえに抱き上げる。どちらからともなく重ねた唇が、次第に熱を帯びていく。何度キスしても、唇が触れる瞬間は心臓が跳ねるような感じがした。

「あの……」

角度を変える彼に、エリザベスはおずおずと口を開く。

「なんだ？」

天国の微笑みを前にすると、なんとなく言い出しにくい気持ちもあるのだが。

——でも、あっちがクリスの本性だと本人が言うのなら……！

「や、優しくしてくれなくていいんです……っ」

勇気を振り絞って伝えたつもりが、クリスティアンは事情を把握できない様子で、目を丸くしている。

「いじわるされても、わたしはずっとクリスのことが好きです。あっ、いじわるは、適度にしていただけると助かるというのはあるんですが！」

言葉足らずを自覚して、エリザベスは必死に説明を重ねる。だが、言えば言うほど、彼は困ったように、いや、笑いをこらえているらしく、肩を震わせはじめた。

「まったく、ほんとうにリジーには参るよ」

「……駆け引きができなくて、ごめんなさい」

レクシーから聞いた恋の駆け引きに比べて、自分はなんと幼いのだろう。押して引いて、相手の気持ちをコントロールするだなんて、きっと来世になってもできそうにない。

「そんなものいらない。俺は、素直なリジーが好きなんだからな」

もう一度、口づけて。

クリスティアンが、エリザベスの蜜口に自身の昂ぶりをあてがった。

「っ……、クリス、あ、あの、まだ……」

「まだ？　もうこんなに濡れているのに、まだ愛撫してほしい？」

「そういうことではなく……っ」

「ああ、わかった。早く俺の子を孕みたいから、たくさんなかに出してほしいということか」

「クリス……っ‼　ん、ぅ……！」

抗(あらが)おうとした彼女の体を、クリスティアンがずぶりと貫く。彼の形を覚え始めた隘路が、おいしそうに楔を奥へと誘う。

「ん、んっ……」

「おかしいな。もうこんなにぐっしょり濡らしているとは。リジー、裸を俺に見られるだけで、あなたは感じてしまうようだ」

「い、言わないで……」

華奢な体を抱きしめて、クリスティアンが「いいよ」と言う。

「いくらでも、感じてくれて構わない。俺はあなたを抱くために生まれてきたんだ。あなたと出会って、あなたを愛して、俺という人間はほんとうの人生を歩きはじめた」

太く逞しい劣情が、エリザベスの最奥に突き立った。腰が震え、全身に快楽が広がっていく。

「だから、あなたのためならなんだってしよう。そして、何度だってあなたを抱こう」

「クリス……、あ、あまりやりすぎは体によろしくないのでは……」

「俺を心配してくれるなんて、リジーはほんとうに優しいんだな。遠慮しないでくれ。体力だけは自信がある。これまで体を鍛えてきて良かったよ」

極上の微笑みに、甘い楔。花嫁は、夫の膝のうえで激しく揺さぶられ、必死にその背にすがりつく。

「あっ……、あ、待って、待っ……んんっ」

「リジー、イキ癖がついてしまったのかな。挿入されるだけで、あなたのここはきゅううっと狭まるようになった」

「知らな……そんな、あっ、あああ……!」

蜜をしたたらせ、彼を締めつけて、エリザベスが、白い喉を震わせる。

「じょうずに達することができたね。それじゃ、このままもう一度イッてごらん」

「や……、駄目、駄目なの。今は──」

「駄目なことなんて何もない。俺は、あなたの感じている顔を見たいよ」

熱を帯びたまなざしに、心までも穿たれているような気がしてくる。彼の力強い動きが、エリザベスを何度も快楽の果てへ追い立てるのだ。

「もっと感じて、もっと淫らになってもいい。そのかわり、あなたのその顔を見られるのは俺だけだ。俺だけの、リジー……」

「ほ、ほんとうに駄目ぇ……！　また、またイッちゃう……っ」

長椅子が軋み、エリザベスは夫の首に強くしがみついた。つながる部分も、そうでない部分も、どこもかしこも気持ちよくて、もう何も考えられない。

「は……あ……、クリス……」

「目がとろんとしてきたな。でも、まだだよ。終わらない。今夜は、ずっとこのままあなたを抱いていたい──」

夜は長く、愛は深く。

エリザベスは、愛する人を全身で受け止める。心も体も、未来も過去も、彼のすべてを小柄な体で抱きしめて、ふたりはほんとうの夫婦になる。

猫は王宮へ帰り、エリザベスは愛する夫の腕のなか。幸せな夜は、長く長く続いていく。

「……お母さまは、これでわたしが夫婦の営みを理解できるとお思いだったのかしら」

◆　◆　◆

とある日の午後。

エリザベスは、ずっと読むのを躊躇していた母からの贈り物である書物を紐解いた。

隣には、クリスティアンも一緒に覗き込んでいる。

「ふむ、果実の受粉は、言われてみればあなたを孕ませる行為と同じようなものかもしれないな」

「ク、クリス、まだ日中なので言葉を選んでください……」

母のくれた書物には、イチゴの受粉について挿画つきの説明がされていた。一応、そこに「人間でいうと体のこの部分にあたる」などの説明が書かれてはいるけれど、のどかなイチゴの受粉作業の絵と、実際の行為はあまり結びつかない。

「リジー」

突然、耳元に唇を寄せたクリスティアンが彼女を横から抱きしめる。それどころか、耳朶に軽く歯を立てた。

「ひゃっ、ん！」

おかしな声が出て、エリザベスはびくんと体を震わせる。

「これは、あなたのお母上の生国における伝統なのだろう?」

「そうです。娘が嫁ぐときに、初夜に困らないよう母親が教えるという意味で……」

そのわりに、要領を得ない書物だ。

だが、具体的に説明するのが難しいというのも、今のエリザベスにはわかっている。

――だって、あんなに幸せな行為を、どうやって文字で表記すればいいか、わたしにはわからないもの。

幸せなだけではなく、おそらく文字に起こすには、あまりに刺激的すぎて。

「いつかリジーも、娘が結婚するときにこの本を作るのかい?」

「……そうですね。もしかしたら、作るかもしれません」

女の子が生まれたら――

エリザベスは、クリスティアンに微笑みかける。

「だったら、あなたの未来のために俺も尽力させてもらおう」

「えっ、駄目です。これは、母親から娘への――」

「そこじゃなくて、あなたを孕ませるところで協力するよ」

「クリス、待ってください! まだこんなに明るいのに、あっ、う、嘘、本気ですか……っ!?」

昼夜の別なく、愛は深まっていく。

ジョゼモルンの離宮には、今日もエリザベスの幸せが詰まっていた。

明日も明後日も、一年後も十年後も。

初恋の聖騎士に溺愛される王女は、その生命尽きる日まで、生涯幸福に暮らすことになった。

これは、初恋を成就させた幸せな王女と、彼女を心から愛する優しくていじわるな聖騎士の恋の物語――

あとがき

こんにちは、麻生ミカリです。蜜猫文庫では、四冊目のご挨拶になります。

このたびは『憧れの聖騎士さまと結婚したらイジワルされつつ溺愛されてます♡』を手にとっていただき、ありがとうございます。

本作は、二年前に同レーベルより刊行いただいた『国王陛下の溺愛王妃』のメインカップル、ヒューバート陛下とコーデリアの長女エリザベスが主人公です。

前作に引き続き、イラストをご担当くださったDUO BRAND.先生。キラキラの表紙、幸せそうなクリスティアンとエリザベス、なんとも美しい挿絵の数々に心よりお礼申しあげます。

最後になりましたが、この本を読んでくださったあなたに最大級の感謝を込めて。

またどこかでお会いできる日を願って。それでは。

二〇一八年　月の最後の木曜日の午前に　麻生ミカリ

蜜猫文庫をお買い上げいただきありがとうございます。
この作品を読んでのご意見・ご感想をお聞かせください。
あて先は下記の通りです。

〒102-0072　東京都千代田区飯田橋 2-7-3
(株)竹書房　蜜猫文庫編集部
麻生ミカリ先生 /DUO BRAND. 先生

憧れの聖騎士さまと結婚したらイジワルされつつ溺愛されてます♡

2018 年 6 月 29 日　初版第 1 刷発行

著　者　麻生ミカリ　

発行者　後藤明信

発行所　株式会社竹書房
〒102-0072 東京都千代田区飯田橋 2-7-3
電話　03(3264)1576(代表)
03(3234)6245(編集部)

デザイン　antenna

印刷所　中央精版印刷株式会社

Printed in JAPAN
ISBN978-4-8019-1507-7　C0193

Take-Shobo
Publishing Co,.Ltd.